Giovanni Verga, 1840 auf Sizilien geboren und 1922 dort gestorben, gilt als bedeutendster Vertreter des Verismus in Italien.

Die Heldinnen und Helden seiner Mailänder Novellen sind einfache Leute, armselige Existenzen, denen das Schicksal einiges abverlangt: Der Kutscher, der auf dem Kutschbock über arm und reich sinniert, über die Tochter, die »eine Signora« sein will, und den Sohn, der bei der Omnibus-Gesellschaft Dienst tut (*Auf der Piazza della Scala*); das Kindermädchen Femia, das mit dem Soldaten Balestra ein kurzes Liebesglück erlebt (*Eine einfache Geschichte*). In prägnanten Szenen und volksnaher Sprache fängt Giovanni Verga ihren Alltag ein, die Ausweglosigkeit ihres Handelns, aber auch ihre Gewitztheit und Überlebenskunst. Die zwölf Novellen dieses Bandes, erstmals 1883 unter dem Titel *Per le vie* erschienen, zeigen mit großer Eindringlichkeit, daß dort, wo Existenzsorgen den Alltag bestimmen, Egoismus zum Gebot jedes einzelnen wird und Moral zum Luxus, den man sich nur selten leisten kann.

insel taschenbuch 2638

Giovanni Verga

Auf den Straßen

Giovanni Verga
Auf den Straßen

Szenen aus dem
Mailänder Alltagsleben

Aus dem Italienischen
von Gesa Schröder

Insel Verlag

insel taschenbuch 2638
Erste Auflage 2000
Insel Verlag Frankfurt am Main und Leipzig

Hinweise zu dieser Ausgabe am Schluß des Bandes
Vertrieb durch den Suhrkamp Taschenbuch Verlag
Umschlag nach Entwürfen von Willy Fleckhaus
Satz: MZ-Verlagsdruckerei GmbH, Memmingen
Druck: Nomos Verlagsgesellschaft, Baden-Baden
Printed in Germany

1 2 3 4 5 6 – 05 04 03 02 01 00

INHALT

DIE BASTION MONFORTE

Wie ein Rahmen zeigt das Fenster die Indischen Kastanien der Allee, grün unter dem grenzenlosen Blau – mit allen Grüntönen der weiten Landschaft – vorn das frische Grün der Wiesen, wo die Sonne die Gräser küßt; weiter hinten der geheimnisvolle Schatten der Wälder. Zwischen den Zweigen, die der leichte Wind hin und her bewegt, schimmert ein Stück Himmel durch, fast wie ein Traumbild der fernen Heimat. Mit der Bewegung der Blätter huschen Licht und Schatten und jagen einander über die ganze zerstückelte Fläche aus Grün und Sonne wie eine leichte Brise, die von unbekannten Horizonten herkommt. Und unsichtbar im dichten Laub zwitschern die Spatzen ihr fröhliches Tagewerk, mit einem frischen und zärtlichen Flügelschlagen.

Dort unten in der breiten Allee kam die Stadt noch an, mit dem emsigen Schritt eines Wanderers, mit dem langsamen Bummeln eines verstohlenen Pärchens. Die Frau geht mit gesenktem Haupt, verrät ihre Schritte durch das gleichmäßige Hin und Her des Sonnenschirms und das schmeichelnde Wogen des enganliegenden Kleides, auf das die Sonne bizarre Muster zeichnet, während der bewegliche Schatten der Blätter auf den blonden Haaren und ihrem weißen Nacken spielt wie schnelle Küsse, die sie überall berühren. Und er spricht zu ihr, gestikulierend, entflammt durch seine eigenen Worte, so verliebt klingen sie ihm. Mit einem Mal heben beide den Kopf, als eine Kutsche auftaucht, die langsam fährt, schaukelnd wie eine Wiege, mit geschlossenen Vorhängen; und das junge Mädchen wird rot, während sie an das blaue Halbdunkel jener Vorhänge denkt, das ihren anfänglichen Widerstand brach.

Ein alter Mann, der gebeugt seines Weges geht, hebt den Kopf nur, um zu sehen, ob der Tag ihm Sonne bescheren wird.

Und es zieht das Geräusch eines Fuhrwerks vorbei, von dem man nichts als die staubigen Räder sieht, die sich unter den tiefhängenden Zweigen drehen, das schläfrige Wackeln des Pferdekopfes und die baumelnden, von der Sonne gefleckten Beine des Fuhrmanns. Späterhin der schnelle Trab eines Pferdes, mit dem Aufblitzen des glänzenden Zaumzeugs; oder der flüchtige Anblick einer eleganten, braunen *Vittoria*-Kutsche, in die sich eine weiße, duftige Form weich zwischen Federn und Samt schmiegt. Genau so verlieren sich in der Höhe die Wolken auf ihrer Reise zu unbekannten Küsten, und die weiße Dame sucht darin mit dem Blick die Träume oder die Erinnerungen an den letzten Ball, die ebenso weich in die Ferne schweifen.

Die kleinen Blätter zittern gegeneinander, in einem lebhaften Flimmern aus Licht und Schatten; mit einem Mal, berauscht durch das Gefühl, in der Sonne zu leben, rascheln sie alle zugleich und besingen am Rande der lärmenden Stadt das ruhige Leben der Wälder. Die Liebespaare schweigen, wie ergriffen von einem Gefühl, das größer ist als sie selbst; und sie gehen träumend Hand in Hand. Weiter hinten werden sie durch den müden Trab der Postkalesche aufgestört, die schwankend vorbeikommt und lustlos die tägliche Langeweile der aus den Postkästen geholten kleinen menschlichen Belange mit sich trägt und über die immer gleichen Straßen schleppt, zum dumpfen, verschlafenen Klang der Schellen unter dem großen, schwankenden Faltverdeck. Von der anderen Seite antwortet das Pfeifen der Eisenbahn, die dort der Sonne entgegenfährt und die Gedanken mit sich nimmt, weit fort, an andere Orte, in die Vergangenheit.

Da ist jetzt zwischen den Zweigen der Roßkastanien eine Schattenlinie, die im Nichts versinkt, wie eine in einen Bergrücken geschnittene Allee, unter einem großen Federbusch von Johannisbrotbäumen. Die schönen Spaziergänge von damals in der heißen und stillen Mittagsstunde, als die Zikaden in dem kleinen, in der Sonne schlafenden Tal zirpten! Daneben windet sich die braune Linie eines Baumstamms empor und erinnert an den Pfad, der zwischen den Wiesen und dem Essigbaum auf einem wohlbekannten Hügel hinaufführte; und auf der Höhe, wo das Blau schließlich freien Lauf hat, scheint man jenen Gipfel zu erblicken, der so viel Land um sich herum sah. Welch fröhliche Stimmen erklangen damals dort zwischen den Essigbäumen jener Anhöhe und den Weinstöcken des kleinen Berges! Und die Gesellschaft, die jubelnd den steilen Weg erklomm, bei jenem lieblichen Sonnenuntergang im Oktober! Und der Mondschein am Abend, in dem man von jenem Gipfel aus auf das Feuerwerk des Festes im fernen Dorf wartete und der die Seele noch immer in melancholisches Licht taucht, wenn diese Erinnerungen wiederkehren! Wie viel Zeit ist vergangen? Wie weit entfernt ist jetzt jenes Dorf? Nun bringt die Postkutsche dorthin das einzig Lebendige, das von so viel Freude geblieben ist, unter einer Briefmarke für zwanzig Centesimi. Und ein kleiner weißer Schmetterling bemüht sich, hoch über dem imaginären Weg zu flattern, zwischen den Zweigen der Indischen Kastanien, und strebt vielleicht den für seine Flügelchen zu hohen Wipfeln entgegen.

So auch jene Frau, die jeden Tag in der Allee spazierengeht und wartet und immer wieder ein zerknittertes Blatt Papier liest, das sie aus der Tasche zieht, sich bei jedem Schritt auf dem knirschenden Sand erwartungsvoll nach allen Seiten umsieht und den Kopf mit einer Bewegung aufrichtet, daß man ihre ganze Seele in den Augen glänzen zu sehen meint. Hin und wieder bleibt sie mit hängenden Armen und müder Haltung unter einem Baum stehen. Der Postbote, den auch sie bangen Herzens nach dem Brief fragte, blätterte gähnend ein Bündel durch. Jetzt liest sie immer wieder die strahlenden Worte, die darin stehen müssen, um das schattige Dunkel jener Allee zu erhellen, um das Grün jener Bäume wieder zu beleben, die in den trostlosen Stunden des Wartens in tausend Farbabstufungen vor ihren Augen vorbeigezogen sind. Die Drehorgel, die zum fröhlichen Morgen in einer Vorstadtschenke aufspielte und ihr alle heiteren Versprechungen der Hoffnung in das Herz hinein sang, kommt jetzt wieder vorbei, mit der gleichen, doch schon von der Wehmut des Abends umflorten Melodie. Die Liebespaare, die sich in diesem Fest aus Blau und Grün bei der Hand halten, drehen sich lachend um, als sie sie immer noch warten sehen, allein, schwarzgekleidet. Der Abend bricht herein, und wehmütig verlängern sich die Schatten.

Zu jener Stunde pflegt jeden Tag ein hochgewachsener, blasser Unbekannter vorbeizukommen, mit dem trägen Gang und dem schweifenden Blick von einem, der die Essenszeit vertrödeln will. Als er einmal der schwarzgekleideten Frau begegnete, wandte er den Kopf, um ihr mageres und ernstes Gesicht anzublicken, in welches ihr ein schonungslos gelebtes Leben gleichsam Furchen eingegraben hat. Und er senkte das Haupt, als ahnte er alles, müde durch die Müdigkeit jener einsamen Frau. Doch nur kurz, dann ging er wieder aufrecht und stolz seines Weges, noch immer all die nackten und kalten Kammern vor Augen, in die er seine Jugendträume und die mit Schreibheften gefüllten, aus dem Leim gegangenen Koffer geschleppt hat, während er einem Traum nachirrte. Wie viele Schmerzen sind ihm auf jenem Weg begegnet, und wie viele Schreie vor Liebe oder vor Hunger hat er durch die dünnen Wände jener Kammern gehört? Später wird er vielleicht eine Mahlzeit einnehmen, eine Tasse Milchkaffee zwischen den Spiegeln und den Vergoldungen des Biffi, und während das Orchester die Mazurka aus dem Ballett *Excelsior* spielt, an jene Frau denken, die mit der Müdigkeit der Seele in den Augen gewartet hat. Der Arbeiter, der jetzt an ihm vorbeigeht und einen Karren hinter sich her zieht, beachtet ihn nicht einmal. Die Stadt ist zu groß, und es gibt so viele Menschen.

Und der Sonnenuntergang in der Höhe erlischt, ruhig, in einem verworrenen Gezwitscher, mit tausend verschwommenen Geräuschen, die sich gemeinsam mit dem Blau verlieren, das in der Ferne verschwindet, in Richtung auf das Land der Träume und der Erinnerungen; und es trägt euch zu den Tagen, an denen ihr die erste Wehmut des Abends spürtet und das erste Liebeslied euch melodiös in der Seele schwoll.

Jetzt zieht das Lied bummelnd und weinselig durch die Allee, im keuschen Mondlicht, das der Erde die großen schwarzen Spuren der schlafenden Kastanien aufdrückt – das Lied, in dem die heiseren Klänge der Wirtshaushändel und die verdrießlichen Klagen ertönen, die einen zu Hause von der Frau erwarten – oder die schmerzliche Heiterkeit von einem, der nicht an den morgigen brotlosen Tag denken will; oder die harte Galanterie von einem, der Krankenhaus und Gefängnis hinter sich hat; oder der heiße Ruf von einem, der nach dem harten Tag des Arbeiters die weiche Stunde der Liebe sucht. Nur das Flüstern von zwei leisen, im Dunkel versteckten Stimmen besingt den verliebten und schamhaften Frühling. Und mit einem Mal, in der stillen, späten Stunde, mitten in dem großen silbrigen Licht, das auf die Zweige fällt, erhebt sich ein ebenso silbriger Klang aus einem Fleck in der Dunkelheit und besingt für die Mädchen, die am Fenster lauschen, die Freuden des Nestbauens. Im Hintergrund ahnt man zwischen den Zweigen ein kleines Licht, weit entfernt in einem einsamen Kämmerchen.

Zu dieser Stunde plätschert auch der kleine Wasserfall im fernen Landstrich, ganz allein in jener Ecke des beängstigenden Felsens, unter dem hängenden Venushaar, über dem kleinen Tal, das sich im Weiß des Mondlichts erstreckt.

Oh, die sanften Vollmonde des Sommers, bei denen die Jugend auf den Straßen singt und träumt und nach und nach die Erinnerungen süß und rein aus der Vergangenheit aufsteigen! – Und das kalte, metallische Mondlicht zu Weihnachten, wenn die großen Skelette der Indischen Kastanien schwarze Zeichen auf das tiefe und dunkle Blau setzen und der wirbelnde Wind die vom Herbst vergessenen Blätter mit einem Heulen fortreißt, das von weither kommt, aus längst vergangenen Nächten, in denen er vor der verschlossenen Tür der kleinen, um das Herdfeuer versammelten Familie vorbeizog und alles hinwegfegte! – Und die fahlen Morgendämmerungen, das düstere Mittagslicht auf den vom Schnee versilberten Zweigen, das langgezogene Ächzen, das mit dem Wind aus den längst vergangenen Nächten kommt, und die Tage, die auf der schneebedeckten, weißen Allee einsam und still verstreichen! Jetzt kommt hin und wieder der Leichenwagen vorbei, lautlos, wie ein schwarzer Fleck, auch er von Schnee bestickt, als trüge er die Blüten des Todes. Und der Zöllner, der, um sich die lange Zeit der Wache zu vertreiben, ein Schwätzchen mit der Magd hinter der Mauer hält, schielt mißtrauisch hinüber, ob nicht vielleicht das Leichentuch der Toten den Schmuggel der Lebenden verstecke.

AUF DER PIAZZA DELLA SCALA

Ja, das ist eben der Sommer! Die Nächte sind kurz, es ist nicht kalt; bis es ein Uhr schlägt, und länger, sind noch Leute unterwegs, die sich herumkutschieren lassen, um die frische Luft auf dem Bastionenring zu genießen, und wenn sie die Vorhänge herablassen, gibt es ein gutes Trinkgeld zu verdienen. Man hält ein Schwätzchen mit den Kameraden, um die Müdigkeit zu vertreiben, und die Pferde schlafen mit dem Maul an den Beinen. Das ist der echte Karneval! Aber wenn der andere kommt, dann ist es ein hartes Brot für die armen Teufel, die auf dem Kutschbock sitzen und auf eine Fahrt für einen Franken warten, mit den eiskalten Zügeln in der Hand, weiß vom Schnee wie die Statue mit dem langen Bart und den vier Kindern um sich herum, die dort zwischen den Laternen steht und zusieht.

Und dann sagen sie, Schnee macht Spaß, diejenigen, die mit roter Nase aus dem Cova kommen, und die Frauen, die mit nackten Beinen zum Maskenball in die Scala gehen und sich dort aufwärmen. Verflixt! Wenn man wenigstens eine Robe aus Marmor hätte, wie die Statue! Und die Kinder auch aus Marmor, die essen nichts!

Aber die aus Fleisch und Blut, die essen, und wie! Und das Pferd und der Vermieter und dieser und jener, so daß Bigio am 31. Dezember, wenn die Leute in die Trattorien gehen und, die Füße unter dem Tisch ausgestreckt, auf das neue Jahr warten, jedes Mal wieder fluchte: »Du gräßliches Jahr! Scher dich zum Teufel! Nicht einmal fünf Lire hab' ich zur Seite legen können.«

Früher wurde das Geld fröhlich in der Osteria ausgegeben, oder beim Spirituosenhändler nebenan; und was für schöne Landpartien mit den Freunden, nach Loreto und

Cagnola; ohne Frau und Kinder und ohne Sorgen. Ach! Wäre die Ghita nicht gewesen, die die Röcke über die Pantinen hochzog, um die roten Strümpfe zu zeigen, wenn sie hurtig über die Piazza della Scala eilte! Rote Strümpfe, die einem die Augen verbrennen konnten. Und diese Anmut in der Bewegung der Hüften, so daß Bigio jedes Mal winkte und ihr zurief: »Einen Wagen?«

Anfangs wurde sie rot, doch bald zeigte sie ein kleines Lächeln, und am Ende nahm sie ihn wirklich, den Wagen; und beim Kutschieren drehte sich Bigio zu den Scheiben um und unterhielt sie mit allerlei Geplauder, bis er sie eines Tages zum Rathaus fuhr und einen Kameraden bat, auf das Pferd zu achten, während er Ghitina heiraten ging.

Jetzt, wo Ghitina dämpfig geworden war wie das Pferd, sah er auf die gleiche Weise die Tochter traben, mit den hohen Stiefeletten und dem schrägen Hütchen, unter dem Vorwand, den Beruf einer Putzmacherin zu erlernen, und zwar immer zu einer Zeit, in der das Café dort gegenüber voller Nichtstuer war, die ihr mit den Blicken viele freche Dinge sagten.

Es ließ sich nicht ändern, denn das war ja Adelinas Beruf; und jedesmal, wenn Bigio versuchte, sich einzumischen, las Ghita ihm die Leviten: daß die jungen Mädchen ihr Glück suchen müßten; und wenn sie so viel Verstand gehabt hätte wie Adelina, dann würde sie jetzt selbst in der Kutsche fahren, und nicht ihr Mann, der sein Brot damit verdienen mußte.

Ja, und wenn ihr Mann Adele vorbeigehen sah, mit wiegenden Schritten wie einst ihre Mutter, im schwarzen Kleidchen und unter jenen Blicken, die wieder »Einen Wagen?« riefen, konnte er sich nicht beherrschen und ließ die Peitsche knallen, auch auf die Gefahr hin, sich den wachhabenden Büttel auf den Hals zu holen.

Ach was! Man mußte das Halfter ertragen, man war ja schließlich kein Fohlen, kein Junggeselle mehr und mußte sich dem Geschirr anpassen, das sie sich aufgebürdet hatten, er und Ghita, die immer weiter Kinder bekam, daß es schon nicht mehr wahr sein konnte und man kaum noch wußte, wo man sie unterbringen sollte. Der älteste im Militärtroß, erstes Regiment, dabei wäre er ein schöner Kutscher geworden. Der andere Stallbursche bei der *Omnibus*-Gesellschaft. Der letzte hatte Drucker werden wollen, weil er die Jungen aus der Druckerei in der Nachbarschaft gesehen hatte, wie sie sich Backäpfel zum Frühstück kauften, mit einer Papiermütze auf dem Kopf. Und schließlich eine Handvoll zerlumpter Mädchen, denen Adelina nicht erlaubte, mit ihr zu gehen; sie schämte sich, wenn sie sie auf der Straße traf. Sie wollte allein durch die Straßen gehen; bis sie eines schönen Tages das Weite suchte und nicht mehr in die Via della Stella zurückkehrte. Bigio war verzweifelt und wollte sie wer weiß wo mit seiner Kutsche suchen, und Ghita sagte ihm immer wieder: »Was willst du denn? Die Adelina war dazu bestimmt, eine Signora zu sein. Was für ein elendes Hundeleben!«

Sie suchte unten bei der Portiersfrau Trost, wärmte sich an der Kohlenpfanne, oder beim Weinhändler, wo sie heimlich ein Gläschen kaufte und es unter der Schürze versteckte. Aber Bigio konnte immer öfter in den Osterien hocken. Denn wenn er erregt war, sah er seine Tochter in jedem geheimnisvollen Paar, das ihm Zeichen zum Halten machte, und er befahl nur: »Dreh dich um!«, während das Mädchen zur anderen Seite sah und den Muff vor das Gesicht hielt – und wenn er auf dem Bastionenring einer Kutsche begegnete, in gemächlicher Fahrt, mit geschlossenen Vorhängen, und wenn beim Maskenball ein Mädchen ausstieg, das außer dem Gesicht alles zeigte, dann brummte er mürrisch, wie hoch auch immer das Trinkgeld war, und so verdarb er es sich mit den Kunden.

Elendes Hundeleben, wie Ghita sagte. Geld! Alles hängt am Geld in dieser Welt! Diejenigen, die sich mit geschlossenen Vorhängen herumkutschieren ließen, die, die den Mädchen vor dem Café auflauerten, und die, die sich die Hände rieben, wenn sie mit roter Nase aus dem Cova kamen! Es gab Leute, die hundert Lire und mehr beim Maskenball ausgaben, oder im Theater; und Damen, die einen Pelz für tausend Lire brauchten, um sich die nackten Schultern zu bedecken, das hatte man ihm erzählt; und die Reihe funkelnder Kutschen, die dort gegenüber vom Palazzo Marino mit dem stolzen Gebimmel des Zaumzeugs und der stählernen Gebißstange warteten, und die Reitknechte daneben, die einen von oben bis unten ansahen, als wären auch sie aufgezäumt. Als sein eigener Junge, der bei der Verkehrsgesellschaft *Anonima* war, Dienst auf den Leihwagen hatte und seine schmutzigen Hände in Baumwollhandschuhe stopfte, hielt er sie auf den Schenkeln wie die Statue mit der Robe und hätte seinem eigenen Vater nicht ins Gesicht gesehen. Da war ihm sein anderer Sohn schon lieber, der beim Drucken der Zeitung half. Bigio gab einen Soldo aus, um auf dem Kutschbock zwischen zwei Fahrten alle Ungerechtigkeiten und Gaunereien zu lesen, die es auf der Welt gab, und um mit den gedruckten Wörtern Dampf abzulassen.

Recht hatte die Zeitung. Man mußte Schluß machen mit den Ungerechtigkeiten und Gaunereien dieser Welt! Alle gleich, wie Gott uns gemacht hat. Keine Umhänge für tausend Lire und keine Mädchen, die ausreißen, um ihr Glück zu suchen, und kein Geld, um sie zu kaufen, und keine Kutschen, die viele tausend Lire kosten, kein Omnibus, keine Straßenbahn, die den armen Leuten das Brot vom

Mund wegstehlen. Wenn es Wagen geben mußte, sollte man nur die, die von Berufs wegen dastanden, auf der Piazza della Scala lassen, und auch die Nr. 26 aus dem Wege räumen, die es immer schaffte, sich an die Spitze der Schlange zu setzen.

Bigio wußte alles, vom vielen Zeitunglesen. Auf der Piazza della Scala hielt er Vorträge und schwatzte wie ein Prediger vor den Kameraden, die ganze Nacht lang, im Sommer, wenn sie krakeelten und zwischen den Rädern der Wagen Fangen spielten, um sich die Zeit zu vertreiben, und hin und wieder einen Abstecher zu dem Spirituosenhändler machten, der seinen ganzen Laden im Korb dort auf der Bank an der Piazza hatte. Es ist vergnüglich, mit Freunden zu plaudern, zu jener Stunde, an der frischen Luft, und hin und wieder bekommt auch jemand eine Fahrt. Der Platz ist gut, ganz in der Nähe ist die Galleria, zwei Theater, sieben Cafés, und wenn es einen Aufmarsch in Mailand gibt, kommt er notgedrungen dort vorbei, mit der Kapelle an der Spitze. Aber im Winter verlangt man nach ganz anderen Dingen! Die Zeit vergeht einfach nicht auf jenem weißen Platz, der aussieht wie ein Friedhof, mit den einsamen Laternen um jene kalten Statuen herum. Dann kommen einem andere Gedanken in den Sinn – die Ställe der vornehmen Herrschaften, wo es nicht kalt ist, und Adele, die etwas gefunden hat, wo sie im Warmen ist. Selbst wer tagsüber in der Zeitung die Gleichheit predigt, schläft zu jener Stunde friedlich oder kommt gerade vom Theater zurück, die Nase in den Pelz gesteckt.

Das Caffè Martini ist bis spät in die Nacht geöffnet, taghell erleuchtet, so daß einem schon warm werden müßte, wenn man nur nah an den Scheiben der Türen vorbeigeht, die alle wegen der großen Kälte draußen beschlagen sind; so wird, wer abends spät noch trinkt, von niemandem gesehen, aber wenn ein armer Teufel sich auf der Straße betrinkt, laufen sie ihm nach und treiben ihren Spaß mit ihm. Zum Schein sind auch die Fenster des Clubs bis zum Morgengrauen geöffnet. Dort sitzen die Herrschaften, die nicht wissen, was sie mit ihrer Zeit und ihrem Geld anfangen sollen. Und wenn sie nicht mehr spielen mögen, lassen sie die Trillerpfeife erklingen, fahren mit der Kutsche nach Hause und geben nur eine Lira aus. Ach, wenn jene arme Frau auf dem Kutschbock säße, die die ganze Nacht unter dem Bogen der Galleria Kaffee für zwei Soldi die Tasse verkauft, und wenn sie wüßte, daß der Wagen Tausende von Lire, in zwei Stunden beim Spiel gewonnen, mit sich trägt, im Mantel eines schlummernden Herrn, der am Naviglio vorbeifährt, nachts, im Dunkeln …!

Oh, und die anderen armen Teufel, die so tun, als unterhielten sie sich, während sie in der verlassenen Galleria auf und ab gehen, im Wind, der eiskalt aus allen Richtungen pfeift, und darauf warten, daß der Wächter wegsieht oder zum Schein die Augen schließt, um sich in eine Türöffnung zu legen, zusammengekauert in einem zerlumpten Mantel.

Die schreien nicht, die drucken keine Zeitungen, stehen nicht in vorderster Reihe bei den Aufmärschen. Die Aufmärsche machen die anderen, und das auch noch zu Fuß, ohne einen Soldo für die Kutsche auszugeben.

BEIM MASKENBALL

Er hatte einen Korb Flaschen, alle mit Silberpapier um den Hals, in die Loge der Komtesse gebracht und war unter dem Vorwand, warten zu wollen, bis sie leer seien, dort geblieben; denn zu fünft, wie sie in der Loge waren, konnten sie nicht alle Flaschen austrinken, und sicher würde auch auf den Tellern etwas übrigbleiben. Daher hatte er zu seinen Frauen gesagt: »Wartet am Theatereingang auf mich, bei den Leuten, die sich die feinen Herrschaften anschauen wollen.«

Dort an der Logentür sahen die Diener ihn mit ihren Pfaffengesichtern grimmig an, und nicht einmal ihre Herrschaften in der Loge, die er kurz durch die Scheibe erspähen konnte, waren so stocksteif und aufgeblasen wie diese Bediensteten mit ihren funkelnagelneuen Livreen.

Im Logengang war ein Kommen und Gehen von Herren mit weißer Krawatte und Blume am Knopfloch, wie sie die Lakaien der Galakutschen trugen; es war ein Betrieb wie in einem Hafen. Und jedesmal, wenn sich die Tür öffnete, drang eine Welle von Musik und Fröhlichkeit zu ihm, die Lichtergirlande der Logen gegenüber war zu sehen, und ein Gewimmel aus Rot, Weiß und Türkis, aus nackten Schultern, Armen und weißen Hemdbrüsten. Auch die Komtesse hatte nackte Schultern und drehte sie dem Theater zu, um zu zeigen, daß es sie überhaupt nicht interessierte. Ein Herr, der hinter ihr stand und die Nase beinahe auf ihren Schultern hatte, sprach ernst auf sie ein und rührte sich nicht mehr von dort weg, so gut mußte es an der Stelle duften. Die andere Freundin, eine schöne Blonde, schien indessen ihren Fächer zerbeißen zu wollen, blickte aus der Loge heraus, hierhin und dorthin, als suche sie das große Los, und drehte sich unentwegt mit ihren blauen Augen und diesem schönen rosafarbenen Frätzchen zur Gangtür um, so daß der arme Pinella ganz rot wurde, als beträfe es auch ihn.

Ach, Luisina, die dort draußen in der Menschenmenge stand, schien ihm nicht aus solchem Holz geschnitzt, selbst damals nicht, als er an der Tür ihrer Herrschaft auf sie wartete, sonntags in der Via San Antonio, und er sich mit dem Diener von unten geschlagen hatte, der Luisina überreden wollte, mit ihm zu gehen, nur weil er einen Umhang mit Silberknöpfen besaß.

Der mit dem Pfaffengesicht, der stocksteif hinter der Tür stand, fragte ihn: »Und Sie? Worauf warten Sie noch?«

»Ich warte auf die Flaschen«, antwortete Pinella.

»Die Flaschen? Die bekommen Sie später, nach dem Festmahl. Das kann noch dauern, das kann noch lange dauern.«

›Ich bin doch nicht verrückt!‹ dachte Pinella und schlich sich durch den Gang. ›Ich rühre mich nicht fort von hier!‹

Er hatte gesehen, wie sein Hauswirt zehn Lire bezahlen mußte, um ins Theater zu kommen; schnaubend und keuchend vor lauter Fett, puterrot in seinem langen Pelzmantel hatte er mit den kurzen Fingern die Scheine aus der Börse geholt. Welch ein Glück, daß er Pinella nicht entdeckt hatte, sonst hätte er sofort die Miete von ihm verlangt.

Zweimal war er schon pustend bis zum fünften Stock hinaufgestiegen, um das Geld zu kassieren. Aber Luisina hatte sich Rheuma im Bein zugezogen, weil sie nachts immer Kaffee im Eingang der Galleria ausschenkte, und die wenigen Groschen, die Carlotta durch den Verkauf von Lampenschirmen auf der Straße und in den Cafés verdiente, waren in dem Monat draufgegangen, als die Mama krank gewesen war.

Auch auf den Treppen und in den Gängen befand sich eine Menschenmenge. Larven kreischten und liefen einander nach; vermummte Damen und junge Männer mit dem Hut unter dem Arm, die ihnen nachstellten, um leise in einem dunklen Winkel mit ihnen zu scherzen. Pinella gelang es, sich in einen Gang zwischen den Brettergestellen der Kulissen zu drücken, hinter einer großen bemalten Leinwand mit Rissen, die eigens gemacht zu sein schienen, um hindurchzuspähen. Ein göttlicher Platz! Es war wie eine Laterna magica. Man konnte das ganze Theater sehen, brechend voll, überall bis an die Wand und über fünf Stockwerke. Lichter, Edelsteine, weiße Krawatten, Seidenkleider, Goldstickereien, nackte Arme, nackte Beine, pechschwarze Leute, Gekreisch, Paukenschläge, Trompetenstöße, knallende Korken, ein einziges Gewimmel und Getümmel.

»Schön, was?« zischelte ihm von hinten ein Bursche ins Ohr, der sich genau wie er hereingeschmuggelt hatte.

»Und ob!« rief Pinella aus. »Und die amüsieren sich für zehn Lire!« Vor ihnen, auf einer Bank direkt an der Bühne, saßen zwei Larven und versuchten ebenfalls, allein zu sein, weil sie sich viele Dinge zu sagen hatten. Er, ein junger Mann, ließ diese Dinge auf den schneeweißen, zarten Hals des Mädchens fallen, so daß die Löckchen auf dem Nacken zitterten, als wäre ihnen kalt, und auch die Schultern erschauerten, und sie wurde rot, während sie das Haupt neigte und sich nicht einmal mehr erinnerte, daß sie eine Larve vor dem Gesicht trug.

»Er kriegt sie rum! Er kriegt sie rum!« jubelte Pinellas Nachbar. In dem Augenblick bemerkte der arme Pinella allerdings, daß das Mädchen mager war und kastanienbraune Haare hatte wie Carlotta. Und der andere bedrängte sie immer weiter, mit heißem Atem auf ihrem

Nacken; sie glühte, als könne man sich an ihr wärmen, und schob ganz behutsam die samtenen Stiefelchen unter die Bank, als wolle sie ihre nackten Beine unter dem rosafarbenen Tüll verstecken, der glitzerte und ebenfalls zu erröten schien.

Ach, Carlotta wartete draußen in der Kälte, das ist wahr; aber Pinella fühlte sich wohler hier. »Jetzt ist sie reif, jetzt ist sie reif!« redete sein Nachbar weiter. Das Mädchen hatte sich ruckartig erhoben, das Kinn auf die Brust gedrückt, und ihr Busen ging auf und nieder wie ein Blasebalg unter den Stickereien aus falschem Gold. Der andere hatte ihren Arm gepackt und zog, zog sie zu sich hin, und sie ließ sich ziehen, Schritt für Schritt, mit den nackten Beinen, die zögernd eines nach dem anderen folgten. »Volltreffer!« rief hinter ihnen der böse Kerl. Und sie verschwanden in der Menge.

Auch Pinella ging schweren Herzens, während er daran dachte, daß er Carlotta einmal auf der Piazza della Rosa überrascht hatte, wie sie mit einem jungen Mann plauderte, gerade wie diese beiden da, mit geröteten Wangen und dem Kinn auf der Brust. Sie hatte als Entschuldigung vorgebracht, daß der junge Mann ein Kunde sei, der ein Dutzend Schirme in seinem Hause benötige.

Auf der Brüstung einer Loge ganz vorne sah man ein Mädchen sitzen, ungefähr so gekleidet, wie ihre Mutter sie geboren hatte, mit unverhülltem Gesicht, das so schön war wie die Sonne, und sie brauchte wirklich nichts zu verstekken. Mit den Beinen, die sie von der Loge herunterbaumeln ließ, bedrohte sie alle, die ihr in die Schußlinie kamen, junge, alte, feine Herren, wer auch immer, und wenn einer sich beim Vorbeigehen nicht vor ihr verneigte, brachte sie ihn mit Gewalt dazu. Und man konnte es ihr noch nicht einmal übelnehmen, so schön war sie und so fröhlich, mit dem Glas in der Hand und den weißen, hochgereckten Armen; sie kannte alle, duzte sie und nannte sie beim Namen, jeden einzelnen. Einem schönen jungen Mann, der ihr von unten aufrecht und stolz zulächelte, goß sie ihr Glas Champagner auf den Kopf.

»Der«, so sagte einer in der Menge, »hat erst vor einem Monat geheiratet, seine Frau sitzt dort in der zweiten Reihe und sieht es sich an.«

Die Frau in der zweiten Reihe, ganz in Weiß und mit einem Kindergesicht, sah todernst und mit großen aufmerksamen Augen zu.

›Jetzt‹, so dachte Pinella, ›ist es an der Zeit, zur Komtesse zu gehen, wegen der Flaschen.‹

In der Loge mit den geschlossenen roten Vorhängen waren nach der Fröhlichkeit von vorhin nun alle ernst und schweigsam geworden und konnten es nicht erwarten zu gehen; sie stützten die Ellenbogen auf den Tisch, der voller Kerzen und Silber war, und die Blumensträuße für hundert Lire lagen in der Ecke.

In der Kammer gegenüber aßen eilig die Diener, während sie abräumten; sie setzten, kaum waren sie aus der Loge, die Flaschen wie Trompeten an den Mund und tauchten die Handschuhe in die Saucen und Süßigkeiten, die Gesichter glänzend und fröhlich wie Brunnenfratzen. Als der mit dem Pfaffengesicht, der Aufgeblasene, Pinella entdeckte, rief er: »Verdammt!« und wollte ihn wegjagen. Doch ein weißhaariger und hutzeliger alter Mann in brauner Livree sagte: »Nein, nein! Laßt ihn doch in Ruhe. Es ist genug für alle da. Es ist doch Karneval, laßt uns alle fröhlich sein!«

Er schnitt ihm sogar ein schönes Stück Pastete ab, und ein anderer brummte mit vollem Mund: »Kostet hundert Lire.«

Der Alte richtete sich zu seiner vollen Größe auf und fügte hinzu: »Als ich beim Herzog im Dienst stand, wurden bei jedem Maskenball Flaschen für über tausend Lire in der Loge entkorkt.«

»Schnell! Schnell!« rief das Pfaffengesicht und putzte sich hastig mit einem schmutzigen Tischtuch das Kinn. »Die Herrschaften haben die Kutschen bestellt.«

Pinella hatte aber den Eindruck, daß sie fortgingen, als es gerade am schönsten war, und während er die Flaschen einsammelte, konnte er sich keinen Reim darauf machen, wieso man so viel Geld, so viele Pasteten für hundert Lire verschwendete, wenn man sich so schnell dabei langweilte. Jetzt, wo er getrunken hatte, spürte auch er die Hitze und die Gier nach Fröhlichkeit. Die Logen begannen sich zu leeren, und durch die offenstehenden Türen sah man die Menge wieder ins Parkett strömen, wie ein mächtiger Fluß, mit erhitzten Gesichtern, zerzausten Haaren, offenen Kleidern, heruntergerutschten Tüchern, schief sitzenden Krawatten, zerbeulten Hüten, kreischend, fuchtelnd, drängelnd, brüllend, unter den rasenden Trompetenstößen und Paukenschlägen; und ein Mief, eine Hitze, ein Toben kam von überall her, eine Staubwolke, die sich wie dichter Nebel über alles legte, bei diesem Galopp, der wie ein Wirbel kreiste; und aus einer Ecke, aus einer Gruppe blasser, aufmerksamer, erwartungsvoller Herren mit weißer Krawatte, die Platz machten, um besser zu sehen, kam ein Pärchen hervor, das entfesselter als alle anderen tanzte, mit funkensprühenden Augen, die aus den Masken hervorblitzten, mit weißen, grinsenden Zähnen, erschöpftem Gesicht, geducktem Kopf, vom Rumpf sich lösenden Armen und entblößten Beinen, die sich mit weichen Verdrehungen der Hüften ineinander verflochten. Und in der zweiten Reihe dort oben stand die schöne Jungvermählte mit dem

Kindergesicht, ganz weiß, aufrecht an der Brüstung, riß die neugierigen Augen auf, verweilte noch, während ihr Mann ihr schon das Tuch um die Schultern legte, und zuckte bei der Berührung seiner Handschuhe zusammen.

Luisina und Carlotta warteten am Theatereingang auf dem verschneiten Platz, mit roten Gesichtern, stampften mit den Füßen und bliesen sich die Finger warm, in der Menschenmenge, die die Augen aufsperrte, um die in weiße Pelze gemummelten, schönen Damen hinter den funkelnden Scheiben der Kutschen zu sehen. Und bei jeder bescheidenen Mietkutsche, die sich schwankend näherte, betrachtete Carlotta die einsteigenden geheimnisvollen Paare und folgte den Beinen in rosafarbenem Tüll mit den gleichen großen, gierigen Augen wie die Jungvermählte ganz in Weiß aus der zweiten Reihe.

Die Behausung der Pförtnersleute bekam nie Sonne ab, und so setzten sie ihre rachitische Tochter in die Fensternische und ließen sie dort den lieben langen Tag sitzen, so daß die Nachbarn sie den »Kanarienvogel von Nr. 15« nannten.

Malia sah, wie die Leute vorbeigingen und wie am Abend die Lichter angezündet wurden; und wenn jemand hereinkam, um nach einem Mieter zu fragen, antwortete sie an Stelle ihrer Mutter, der Sora Giuseppina, die am Feuer saß oder gerade die Zeitungen der Hausbewohner las.

Solange es etwas Licht gab, klöppelte sie auch ein wenig mit ihren schmalen, blassen Händen; und beim Anblick jenes Gesichtes, das immer hinter der Scheibe zu sehen war, so zerbrechlich mit den blauen Ringen unter den Augen, hatte sich ein junger Mann aus der Druckerei von gegenüber, wie man so sagt, in sie verliebt. Doch dann hörte er die Geschichte vom Kanarienvogel und von dem halben Persönchen, das bis zur Taille tot war, und sah nicht mehr hoch, wenn er in die Druckerei ging oder herauskam.

Auch sie hatte ihn bemerkt: denn sonst sah ja niemand sie jemals an! Und das wenige Blut, das ihr geblieben war, tönte ihr bleiches Gesicht wie eine Rose, sowie sie seine Schritte auf dem Kieselpflaster hörte. Die dunkle, feuchte Gasse kam ihr fröhlich vor, mit dem dürren Stengel des Pflänzchens, das vom Balkon im ersten Stock herabhing, und auch die großen, dunklen Fenster der Druckerei gegenüber, wo die Rollen sich geschäftig drehten und die endlos langen Lederriemen liefen, die ihr den ganzen Tag lang durch den Kopf zogen. An der Mauer hingen große bedruckte Papierbögen, die sie immer wieder las, obwohl sie schon alle auswendig kannte; und auch nachts sah sie sie immer noch, in der Dunkelheit, mit aufgesperrten Augen, weiß, rot und blau, wenn sie den Vater nach Haus kommen und mit heiserer Stimme singen hörte: »O Beatrice, wie singt mir mein Herze.«

Auch Malia schwoll das Lied im Herzen, wenn die Gassenjungen singend vorbeikamen und im dichten Nebel mit den Holzschuhen auf den gefrorenen Boden stampften. Sie lauschte, das Kinn auf die Brust gedrückt, und probierte immer wieder, das Liedchen leise vor sich hin zu singen, gerade wie ein Kanarienvogel, der seine Arie übt.

Sogar etwas eitel wurde sie. Morgens, bevor sie in die Fensternische gesetzt wurde, bürstete sie sich die Haare und steckte sich mit den knochigen Händen eine Nelke hinein, wenn sie eine hatte. Und wenn Gilda, ihre Schwester, sich herausputzte, mit dem schwarzen Schleier auf dem neckischen Köpfchen, und in dem Flitterkleidchen flink und munter, mit dem Hintern wackelnd, zur Schneiderin ging, sah sie ihr mit dem sanften und wehmütigen Lächeln ihrer bleichen Lippen zu und rief sie dann mit einer Kopfbewegung zu sich, um ihr einen Kuß zu geben. Als Gilda ihr eines Tages eine abgelegte Haarschleife schenkte, wurde sie vor Freude ganz rot. Manchmal erstarb ihr auf den Lippen die Frage, ob es in den Zeitungen nicht ein Mittel für sie gäbe.

Die Arme wurde es nicht müde, darauf zu warten, daß der junge Mann den Kopf wieder nach ihrem Fenster hin hob. Sie wartete und wartete, die Augen auf die Gasse geheftet, und ließ die Spule durch die hageren Finger laufen. Doch dann sah sie ihn einmal mit Gilda kommen, ganz langsam, die Hände in den Taschen, und an der Tür blieben sie noch stehen, um zu plaudern.

Nur sein Rücken war zu sehen, während er glühend auf Gilda einsprach und sie nachdenklich mit der Spitze ihres Sonnenschirms auf dem Pflaster kratzte. Dann sagte sie: »Hier nicht, wo Malia immer Wache hält. Das ist schon eine Plage.«

An einem Samstagabend kam der junge Mann schließlich zusammen mit Gilda ins Haus, und sie plauderten mit Sora Giuseppina, die Kastanien in die heiße Asche legte. Er hieß Carlini, war Junggeselle, Schriftsetzer und Drucker und verdiente 36 Lire in der Woche. Bevor er ging, wünschte er auch Malia, die im Dunkeln in der Fensternische saß, eine gute Nacht.

Von da an kam er oft, fast jeden Abend. Sora Giuseppina fing an, ihn zu mögen, wegen seiner guten Manieren und weil er nie mit leeren Händen kam – Pralinen, Mandarinen, geröstete Kastanien und manchmal auch eine Flasche mit Siegel. Dann blieb sogar der Papa des Mädchens, Sor Battista, zu Hause, plauderte mit Carlini wie ein Vater und sagte ihm, daß er ihm den ersten neuen Anzug nähen wolle, wenn es nötig sei. Er hatte ja Zuschneidetisch und Schere, Bügeleisen, Garderobe und Spiegel für die Kunden.

Jetzt benutzte Gilda den Spiegel. Während der junge Mann auf seine Liebste wartete, unterhielt er sich mit Malia; er sprach mit ihr über ihre Schwester, wie gern er sie habe und daß er schon anfange, auf der Sparkasse Geld zurückzulegen. Sowie Gilda kam, begannen die beiden in einer Ecke zu tuscheln, Kopf an Kopf, und hielten sich bei der Hand, wenn die Mama ihnen den Rücken zuwandte.

Eines Abends gab er Gilda einen dicken Kuß hinter das Ohr, während Sora Giuseppina vor dem Feuer gähnte und Carlini glaubte, niemand sehe sie, denn manchmal ging er sogar fort, ohne daran zu denken, daß auch Malia da war, und ohne ihr gute Nacht zu sagen.

Eines Sonntags tauchte er ganz zufrieden mit der Nachricht auf, daß er die richtige Wohnung gefunden habe: zwei Zimmer bei der Porta Garibaldi, und er verhandle auch über den Ankauf der Möbel des Vormieters, eines armen Teufels, der den Gerichtsvollzieher am Hals habe, wegen des Mietrückstandes. Carlini war so glücklich, daß er zu Malia sagte: »Schade, daß Ihr nicht kommen könnt, um sie anzusehen!« Das Mädchen wurde ganz rot. Doch sie antwortete: »Gilda wird sich freuen.«

Aber Gilda schien sich nicht allzu sehr zu freuen. Denn oft wartete Carlini vergeblich auf sie und beklagte sich bei Malia über ihre Schwester, die ihn nicht so lieb hatte wie er sie und die mit lieben Worten und allem anderen knauserte. Dann nahm es kein Ende mehr mit der Jammerei; der junge Mann erzählte ihr alles haarklein: welche Freude ihr dies eine Wort gemacht habe, wie sie lächelte mit diesem besonderen Gesicht, wie sie sich jenen Kuß hatte geben lassen. Sich bei Malia das Herz auszuschütten gab ihm zumindest Trost. Es war ihm fast, als spreche er mit Gilda, denn im Halbdunkel ähnelte Malia ihrer Schwester, wenn sie ihm zuhörte und ihn mit diesen Augen ansah. Es kam sogar dazu, daß er sie bei der Hand nahm und ganz vergaß, daß sie halbtot immerzu auf ihrem Platz saß.

»Wißt Ihr«, sagte er zu ihr, »es wäre schön, wenn Ihr Gilda wärt, mit Eurem guten Herz!«

Stundenlang saß er da, die Hände im Schoß, bis Gilda zurückkam. Wenigstens hörte er noch das hurtige Getrappel ihrer Absätze und sah sie mit dem vor Kälte roten Gesichtchen und den schönen Augen ankommen, die beim Eintreten fragend das Zimmer durchforschten. Gilda war gefallsüchtig und ehrgeizig; sie hatte ihm verboten, sie in seinem dunkelblauen Arbeiterhemd zu begleiten, wenn sie hocherhobenen Hauptes durch die Straßen ging. Eines

Abends sah Malia sie in Begleitung eines jungen Herrn nach Hause kommen, dessen glänzender Zylinder fast die Fensterbank streifte, und sie blieben an der Tür stehen, wie sie es vorher mit Carlini gemacht hatte. Doch dem erzählte sie nichts davon.

Der arme Kerl hatte sich zuviel vorgenommen. Die Miete für die Wohnung, die Möbel, die noch zu bezahlen waren, die Geschenke für das Mädchen, die viele verschwendete Zeit, so daß der Direktor der Druckerei ihn schließlich gefragt hatte: »Was wird hier eigentlich gespielt?« Er ging wieder zu Malia, um seinem Kummer Luft zu machen und sie zu bitten: »Ihr solltet mit Eurer Schwester einmal darüber sprechen.«

Gilda zuckte nur mit den Achseln und antwortete Malia: »Nimm du ihn doch.«

Zu Neujahr brachte Carlini ihr einen schönen Wollstoff mit roten Streifen als Geschenk; die Streifen waren so rot, daß Gilda in Gelächter ausbrach und sagte, der Stoff passe wohl gut für eine Bäuerin aus Desio oder Gorla, wie sie sie in Loreto gesehen habe. Der junge Mann blieb geknickt mit dem Bündel in der Hand stehen, faltete ganz langsam den Stoff wieder zusammen und bot ihn Malia an, wenn sie ihn haben wolle.

Es war das erste Geschenk, das Malia erhielt, und es war eine große Sache für sie. Sora Giuseppina wollte Gildas Bemerkung entschuldigen und sagte, das Mädchen habe eben einen erlesenen Geschmack, wie eine Dame, und nie finde sie etwas, was ihr schön genug war. »Um diese Tochter brauche ich mir wirklich keine Sorgen zu machen«, pflegte sie zu sagen.

Einmal kam Gilda dann mit einem neuen Schultertuch nach Hause, das ihren Busen vor lauter Fransen schwellen ließ, ein anderes Mal mit Schühchen, die ihre Füße einzwängten, oder mit einem flauschigen Hut, der ihren sternengleich leuchtenden Augen Schatten gab. Dann brachte sie ein Armband aus vergoldetem Silber mit einem walnußgroßen Amethyst mit, das sie in der ganzen Nachbarschaft herumreichte. Die Mama jubelte und hängte es an die große Glocke, wieviel ihre Tochter sich bei der Schneiderin zurücklegen konnte. Auch Malia wollte es sehen, und der Papa streckte schon die Hände aus und bat sie, es ihr für einen Abend zu leihen, um es seinen Freunden zu zeigen, beim Tabakhändler und beim Weinhändler nebenan. Aber Gilda weigerte sich. Von da an brüllte Sor Battista sie an, wenn sie spät nach Hause kam, und machte seinem Ärger bei Carlini Luft, der mit dieser Undankbaren seine Zeit und seine Geschenke verschwende, denn sie habe kein Herz, nicht einmal für ihre Eltern. Eines schönen Tages befreite Gilda ihn von der Last, auf sie warten zu müssen.

Trotz Sor Battistas Großtuerei herrschte nun Trauer im Haus. Sora Giuseppina murrte und stritt den ganzen Abend mit ihrem Mann. Sor Battista ging betrunken zu Bett. Bis zum Morgengrauen konnte Malia Carlini hören, wie er wartete und die Straße auf und ab ging.

Dann erzählte Sora Carolina, die dort an der Ecke Zeitungen verkaufte, Gilda sei in der Galleria gesehen worden, gekleidet wie eine Dame. Der Vater schwor, daß er sich mit Carlini auf die Suche nach seinem eigen Fleisch und Blut machen wolle, doch später an jenem Sonntag wurde er nach Hause gebracht und konnte sich nicht mehr auf den Beinen halten.

Carlini hatte sich mit Sor Battista angefreundet. Er arbeitete nur, wenn es unbedingt sein mußte, mal hier, mal dort, in kleinen Druckereien, gemeinsam gingen sie ins Wirtshaus und kamen Arm in Arm wieder zurück. Zu

Hause gehörte er jetzt schon fast zur Familie, aus lauter Gewohnheit. Er machte das Feuer an oder die Gaslichter im Treppenhaus, pumpte Wasser, hielt die Schneiderwerkzeuge in Ordnung, falls sie einmal gebraucht würden, und fegte auch den Hof, um Sora Giuseppina zu entlasten, denn ihr Mann war nicht oft zu Hause. Aus Dankbarkeit wollte Sora Giuseppina ihm einreden, daß Gilda ihn immer noch gern habe und früher oder später zurückkehren würde. Er schüttelte den Kopf; doch es gefiel ihm, mit der Alten über sie zu reden, oder mit Malia, die ihrer Schwester so ähnlich sah. So wurde ihm irgendwie leichter ums Herz, wenn sie ihm in der Dämmerung zuhörte und ihn mit jenen Augen unverwandt ansah. Und einmal, als er aus dem Wirtshaus kam und vor lauter Zärtlichkeit ganz verwirrt war, gab er ihr sogar einen Kuß.

Malia schrie nicht; aber sie begann zu zittern wie Espenlaub. Sie war ja nicht daran gewöhnt, und die Mama war ihretwegen nicht besonders auf der Hut. Am nächsten Tag hatte Carlini den Rausch ausgeschlafen und kam, um wie üblich zu plaudern, unbedarft und gedankenlos. Doch die Arme spürte immer noch den Kuß auf dem Mund und seinen herben Atem und hatte die ganze Nacht daran gedacht. Und als wäre jener Kuß ein loderndes Feuer, begann Malia sich mit einsetzendem Frühling nach und nach zu verzehren und zu verbrauchen. Die Mama sagte immer wieder zu Sora Carolina und zur Pförtnersfrau von nebenan, daß das Übel ihr aus den Beinen in den ganzen Körper hochsteige. Das hatte ihr der Arzt gesagt.

Der März war regnerisch. Den ganzen Tag hörte man das Wasser aus der Regenrinne auf das Glasdach der Druckkerei prasseln und die Leute durch die schlammige Gasse stapfen. Hin und wieder hielt an der Tür eine triefende Kutsche, und eilig wurden Türen und Fenster zugeklappt.

»Das ist die Gilda«, rief dann die Mama. Ganz blaß heftete Malia die Augen auf die Tür, sagte nichts, wurde aber immer dünner im Gesicht. In der melancholischen Stunde, in der auch das Fenster dunkel wurde, zog dann die klagende Stimme des Zeitungsverkäufers vorbei: »*Secolo*! *Il secolo*!«, wie eine stetig wachsende Melancholie. Und Gilda kam nicht.

Da am Sankt-Georgs-Tag wieder schönes Wetter war, planten die Zeitungsfrau von nebenan und einige Nachbarn einen Ausflug aufs Land. Carlini, der nun dazugehörte, war auch mit von der Partie. Am Abend stiegen sie alle angeheitert aus der Tram und hatten die Hände voller Gänseblümchen und anderer Feldblumen. Carlini war in ritterlicher Laune und wollte alle Blumen, von denen er die Hände voll hatte, Malia schenken. Die arme Kranke freute sich darüber, als hätte man ihr ein Stück Land mitgebracht. Von ihrem Bettchen aus hatte sie durch das Fenster den schönen Tag gesehen: auf der Mauer gegenüber, die heller aussah mit der kleinen Balkonpflanze, die die ersten Blätter bekam. Sie wollte, daß man ihr die Blümchen in ein wenig Erde pflanze, damit sie nicht abstürben, in einen Blumentopf, davon müsse es in der Küche eine ganze Menge geben. Die Grillen einer Sterbenden, das kennt man ja. Die anderen antworteten lachend, das wäre, als wolle man einen Toten zum Laufen bringen. Um sie zufriedenzustellen, stellten sie einige Blumen in ein Glas Wasser auf die Kommode, und um ihre Fröhlichkeit zu erhalten, kamen sie auf das Kleid mit den roten und schwarzen Streifen zu sprechen, das jetzt noch ein Stück Stoff war, das Malia sich aber nähen lassen würde, wenn es ihr besser ginge. Ihr Vater hatte ja die Schere zur Hand, den Faden und alle Schneiderwerkzeuge. Die Arme hörte zu, sah jedem einzeln ins Gesicht und lächelte wie ein Kind. Am Tag darauf waren die Blumen im Wasserglas verwelkt. In der Kammer war keine Luft zum Leben.

Der Sommer rückte näher. Tag und Nacht mußte man wegen der großen Hitze das Fenster weit offenhalten. Die Mauer gegenüber war gelb und rissig geworden. Wenn der Mond schien, kam er mit einem hellen, fahlen Strahl bis in die Gasse herein. Man hörte die Mütter und die Nachbarn vor den Türen plaudern.

An Mariä Himmelfahrt holte sich Sor Battista mit den eingenommenen Trinkgeldern einen kräftigen Rausch und prügelte sich mit Sora Giuseppina. Carlini wollte Frieden stiften und bekam selbst einen Faustschlag ab, der ihn halb blind machte.

Malia ging es an jenem Abend schlechter; mit diesem Schrecken noch dazu, so sagte klipp und klar der Arzt, der im ersten Stock einen Besuch gemacht hatte, werde sie nun nicht mehr lange leiden, das arme Mädchen.

Bei dieser Nachricht schlossen Vater und Mutter Frieden, und auch Gilda kam im Seidenkleid, ohne daß man wußte, wie sie es erfahren hatte.

Malia aber glaubte, es gehe ihr besser, und bat darum, daß man ihr den Kleiderstoff von Carlini auf dem Bett ausbreite, »zur Feier des Tages«, wie sie sagte. Sie saß auf dem Bett, an die Kissen gelehnt, und erleichterte sich das Atmen, indem sie die dürren Ärmchen bewegte wie ein Vöglein die Flügel.

Sora Carolina sagte, man solle den Priester holen, und der Vater, der wie der *Secolo* diesen Unsinn immer abgelehnt hatte, ging zum Zeichen des Protestes ins Wirtshaus. Sora Giuseppina steckte zwei Kerzen an und breitete eine Decke über die Kommode. Als Malia diese Vorbereitungen sah, geriet sie ganz aus der Fassung, doch sie legte beim Priester die Beichte ab, auch über Carlinis Kuß, und danach wollte sie, daß die Mama und die Schwester sie nicht allein ließen.

Sie warteten natürlich auf den Vater. Sora Giuseppina war auf dem Kanapee eingedöst, und Gilda redete am Fenster leise mit Carlini, im Glauben, daß Malia schlafe. So verschied die Arme, ohne daß sie es merkten, und die Nachbarn sagten, sie sei wirklich wie ein Kanarienvogel gestorben.

Der Vater heulte am nächsten Tag wie ein Schloßhund, und seine Frau seufzte: »Der arme Engel! Nun braucht sie nicht mehr zu leiden. Aber wir waren so daran gewöhnt, sie immer dort am Fenster zu sehen, wie einen Kanarienvogel. Jetzt werden wir uns ganz allein fühlen, mutterseelenallein.«

Gilda versprach, oft vorbeizuschauen, und ließ Geld für die Beerdigung da. Doch nach und nach wurden auch Carlinis Besuche seltener, und als er zu Michaeli umgezogen war, ließ er sich überhaupt nicht mehr blicken.

Am Fenster brachte der Vater, um sein Leben zu ändern, ein Brett mit der Aufschrift »Schneider« an, das dort immer an seinem Platz blieb, genau wie der Kanarienvogel von Nr. 15.

BLINDE LIEBE WAR ES NICHT

Battista, der Schuhmacher, war mit dem Kummer gestorben, daß es Tonio, einem seines Standes, gelungen war, ein Geschäft an der Piazza Cordusio zu eröffnen, und ihm nicht: Seine Witwe mußte sich weiter als Hebamme im Borgo degli Ortolani durchschlagen, mager wie ein Hering und mit dürren Händen, die sie sich eigens für ihren Beruf zugelegt zu haben schien. Sie war ganz für den Sohn da, Sandro, einen vielversprechenden jungen Burschen, »der sie – wenn ihre Zeit gekommen war – in Laken aus feinem Tuch sterben lassen würde, so wie sie geboren worden war«, erzählte Sora Antonietta in der ganzen Nachbarschaft und hielt sich mit den gelben Fingern die Nase zu, wenn sie gewisse Treppen hinaufstieg. Von der Tochter sprach sie nie: Die war Portiersfrau in San Pietro all'Orto, und der Ehemann ließ sie Hunger leiden.

Sandrino hatte auch seinen Ehrgeiz, und der war in ihm erwacht, als sein Meister ihn einmal zum Ballett im Dal Verme in der Galleria mitgenommen hatte. Er wollte Künstler, Komparse oder Artist werden. Sora Antonietta ließ es zu, weil Sandrino der schönste Brünette von Mailand war – und das sagte sie nicht, weil sie ihn zustande gebracht hatte! – und auch wegen der fünfzig Centesimi, die ihm dieser Beruf jeden Abend einbrachte. Wenn er als Lazzarone die Tarantella aus dem *Masaniello* tanzte, verschlang ihn die Komtesse aus der Loge links mit den Augen, so erzählte man sich.

Er machte sich nichts aus der Komtesse, denn sie sah aus wie Salami in Silberpapier; aber es gefiel ihm wegen seiner Kollegen in der Werkstatt, die vor Neid platzten, wenn sie den ganzen Tag Sohlen hämmerten, ihn hänselten und aus Eifersucht »Herr Graf« nannten.

Sonntags ging er mit der taillierten Jacke und einer Virginia-Zigarre für sieben Centesimi hinaus, den Corso rauf und runter, etwas größer als sonst, um die Komtessen zu sehen.

Bei Bedarf erzählte er von den vielen, die als Tänzer oder Artisten begonnen hatten wie er, oder auch als einfache Komparsen, und die schließlich Choreographen, Kavaliere und steinreich, also Künstler geworden waren, genauso wie der Meister Verdi. »Das sind ja Zirkuskünstler«, erwiderte die Mama, »nein, nein, dazu gehört etwas mehr!«

Sie hatte ein Auge auf die einzige Tochter des Hausbesitzers, des Kohlenhändlers, geworfen, eine Dicke mit Himmelfahrtsnase und an den Händen Frostbeulen bis in den April hinein. Mit der waren, wenn der Alte starb, Kutsche und Pferde zu gewinnen. Deshalb hütete sie die Halbwaise wie ihren Augapfel, war wie eine Mutter zu ihr, überhäufte sie mit Schmeicheleien und Zärtlichkeiten. An den Benefiz-Abenden für die Künstlerfamilien, wenn die Scala fast leer blieb, ließ sie sich Gratiskarten für die Halunkenloge ganz oben geben und führte die gesamte Familie ins Ballett, den Kohlenhändler mit frischgewaschenem Hemd und das Mädchen eingeschnürt in eine Spenzer-Weste aus hellblauer Seide, um ihren Sandro vorzuführen: da, der mit den Goldlinsen auf der Hose, der die große Laterne drehte. Ein begabter Junge! Wenn er sich nur nicht dazu verleiten ließe, Dummheiten mit den Komtessen zu machen, sie wußte schon, mit wem! Der Kohlenhändler riß beim Anblick der Tänzerinnen die Augen auf und wurde puterrot, als hätte ihn der Schlag getroffen.

Aber Sandrino wollte nichts von der Kohlenhändlerstochter wissen. Er hatte sich in Olga verliebt, ein Mädchen aus dem Ballettkorps, mit einem Katzengesicht und schon Schatten unter den Augen, obwohl sie noch keine sechzehn war. Ihre Mutter, eine Gemüsefrau aus der Via della Vetra, pflegte den Nachbarinnen zu erzählen: »Ich wollte nicht, daß sie Tänzerin wird; aber das Mädchen hatte den Beruf im Blut.«

Als Olga noch mit schmutzigen Händen die Karotten zu Sträußen band, hieß sie Giovanna und trug ein zerlumptes Kleid. Und als Carlotta aus der Nachbarschaft ihr ein altes Band schenkte und sie zu ihr laufen konnte, um sich das Gesicht einzupudern, murmelte sie überglücklich: »Seht ihr, wenn ich doch wie die Carlotta wäre! Hier ruiniere ich mir die Hände, Jahr um Jahr!«

Und ganz für sich allein, vor dem Spiegel der Tänzerin, zog sie sich die Röcke hoch, übte Schritte und Gesichter ein und wackelte mit den Hüften.

In der Scala stand sie anfangs etwas dämlich da, mit stocksteifen Beinen wie ein Pelikan, und wußte nicht, was sie machen sollte. Sandrino begann, sie in Schutz zu nehmen, weil die anderen Mädchen ihr mit Spötteleien zusetzten. »Hören Sie nicht darauf, Sora Giovannina. Das sind Kanaillen, die ihren Stolz nur in den Kleidern haben; aber Sie sollten die Hemden sehen, im Umkleideraum!« Aus Dankbarkeit warf sie ihm jene Blicke zu, die ihm den Kopf verdrehten.

Als sie sich zum erstenmal in der Dunkelheit des Ganges einen Kuß rauben ließ, hing sie wie ein Blutegel an seinem Hals, und sie schworen einander ewige Liebe. Sora Antonietta war aufgebracht, wollte nichts davon hören und schnaubte jedesmal vor Wut, wenn Sandrino sie sonntags mit nach Hause brachte. Nur der Kohlenhändler nahm sie liebevoll auf und kniff ihr in die Backe, mit den schmutzigen Händen, die ihre Spuren hinterließen. Sandro blieb stur wie ein Maulesel. Schließlich ging seine Mutter zu der aus der Via della Vetra, um ihr die Meinung zu sagen. Was dachten die sich eigentlich? Was für eine Anmaßung! Wollten die etwa eine, die für fünfzig Lire im Monat ihre Beine zeigte, mit Sandrino verheiraten? Da waren ihm bessere als die schon zu Dutzenden untergekommen und auf die Nase gefallen, weil sie nach den Sternen greifen wollten!

»Die Sterne!« versetzte die Gemüsefrau. »Bei dem schönen Beruf, den die Mama hat, daß man Euch alle Tage auf die Polizeiwache und vor den Richter bestellt!« Sandrino hatte sich bei der Gelegenheit Ohrfeigen eingehandelt, weil er Frieden stiften wollte; und Olga, die unschuldige Ursache, hüpfte ihm zum Trost bei der Probe in Höschen auf den Schoß wie ein kleines Mädchen.

»Wenn das Mädchen sich erst einmal entwickelt«, sagten die Erfahrensten in der Ballettschule, »werdet ihr was erleben!«

Mittlerweile begannen die von den Orchestersitzen sie wie Schmeißfliegen zu umschwirren, und Nana – der würde es Sandrino schon noch zeigen – überbrachte Kärtchen und Blumensträuße. Olga blieb standhaft. Doch als der Baron aus den Parkettsesseln sein Monokel auf sie richtete, warf das Mädchen die Beine und ließ teuflisch dunkle Blicke über das Parkett wandern.

Als Carlotta sah, daß diese Hungerleiderin, die sie doch schließlich vor ihrer Tür aufgelesen hatte, ihr das Brot stehlen wollte, spuckte sie Gift und Galle gegen Sandrino, der zusah und schwieg.

»Nein, ich schweige nicht!« rief Sandrino. »Ihr werdet schon merken, was ich tue, wenn ich sie erwische!«

Eines Abends zog er sich für das Ballett um, mit Federhut und goldbesticktem Umhang, als er Nana vorbeikommen sah, wie sie mit einem Blumenstrauß in den Gang der Tänzerinnen schlüpfte. »Zum Teufel …! Verdammtes …!« begann er zu fluchen; aber im Augenblick konnte er nichts weiter tun, weil draußen zum Tanz gerufen wurde. Olga erschien als letzte, eingemehlt wie ein Fisch, wiegte sich mehr denn je in den Hüften und warf die Beine, als hätte sie an jenem Abend das große Los gezogen.

»Olga«, sagte Sandrino unter dem Papp-Brunnen zu ihr, während die Mädchen sich trippelnd und die Röcke wirbelnd sammelten, »Olga, spiel mir nicht die Kokette, wehe …!«

Olga hätte in der ersten Quadrille sein können; so sehr wirbelte sie die Arme und wackelte mit den Hüften, daß sie einfach auffallen mußte.

»Daß der dreiste Kerl aber auch nie das Monokel absetzt!« brummte Sandrino, während er anmutig hüpfte und die Girlande aus Stoffblumen hielt, unter der Olga glitzernd und mit allem, was sie hatte, hin und her lief. Sie wollte sich den Plagegeist vom Hals schaffen und erwiderte ihm, daß jener Herr schließlich etwas haben wolle für sein Geld.

»Und dir gefällt es!« beharrte Sandro. »Du machst es extra! Wenn du unter der Girlande durchgehst, beugst du dich so tief, als wäre ich ein Zwerg.«

»Ich beuge mich, wie ich will!« antwortete sie schließlich, und er bekam obendrein noch ein Strafgeld aufgebrummt.

Wie er sie so sah, so eigenwillig und mit jenem teuflischen Blick, der alles außer Gefecht setzte, verschlang er sie mit den Augen, genauso wie der andere, und kam vor Wut beim Tanzen aus dem Rhythmus. Olga schien ihn absichtlich zu umkreisen, ohne sich packen zu lassen. Beim

Schlußgalopp konnte er ihr endlich keuchend von hinten zuzischen: »Wenn du einen Liebhaber im Parkett suchst, werde auch ich etwas in der Loge finden.«

»Bravo!« antwortete sie. »Streng' dich mal ein bißchen an!«

Er riß sich Rüschen und Stickereien herunter, warf sie auf den fettigen Tisch, schnaubte und schwor, daß er wirklich auf die Komtesse warten wolle. Aber die fuhr unter dem Portikus an ihm vorbei, ohne ihn auch nur zu bemerken, und der bis über die Ohren in Pelz gemummte Kutscher lenkte beinahe die Pferde gegen ihn, ohne »Hee!« zu rufen.

Sandrino ging kleinlaut in die Via Filodrammatici zurück, wo die Mädchen in Gruppen herauskamen und Irma gerade gehörig ihren Bankier ausschalt, der sie nicht wie üblich unter dem Portikus der Akademie erwartet hatte. Olga kam als letzte, ganz gemächlich, mit ihrem dünnen, weißen Schal, dessen Anblick allein schon frösteln machte, und hielt sich einen schönen Strauß Rosen an die Nase.

»Siehst du, wie die Irma sich Respekt verschafft?« sagte sie zu Sandro. »Und er ist ein hoher Herr mit Kutsche und Pferden!«

Sandrino verlangte statt dessen, daß sie ihm sage, von wem sie die Rosen habe. Aber sie wollte es nicht verraten. Schließlich behauptete sie, die Blonde habe sie ihr geschenkt.

»Sie kommen aus Genua«, stellte er fest, »und sind teuer!«

In dem Augenblick überholte sie an der Ecke der Via Torino eine Kutsche, und der Herr aus dem Parkett zeigte sich am Fenster, um dem Mädchen einen Kuß zuzuwerfen. Sandrino brüllte und fluchte und wollte der Kutsche nachlaufen. Aber sie hielt ihn an einem Zipfel des etwas zerschlissenen Mantels zurück, so daß Sandrino sich sofort beruhigte.

»Nur weil sie Geld haben! ... Maria und Josef ...!«

»Wenn du mich begleitest, um mir solche Szenen zu machen, gehe ich lieber ganz allein«, sagte sie.

»Ich weiß, daß du mich schon überhast! Du hast mich über, sag' es mir ruhig, dann verschwinde ich!«

Sie antwortete nicht, ging mit gesenktem Haupt und wiegenden Hüften, so daß Sandrino sich sogleich wieder beruhigte. Wenn er bei Olga war, spürte er weder Kälte noch Müdigkeit und hätte sie bis ans Ende der Welt begleitet.

»Aber«, murrte sie, »hin und wieder könntest du eine Droschke nehmen, bei dieser Kälte. Ich spüre den Schnee durch die Löcher in den Schuhen.«

»Sollen wir eine Droschke nehmen?«

»Nein, jetzt hat es keinen Sinn, jetzt nicht!« Und sie murrte weiter vor sich hin. »Außerdem, für das bißchen Vergnügen ... Seit zwei Jahren habe ich diesen Schal, dünn wie ein Spinnennetz! Und wenn man bedenkt, daß deine Mutter zu mir nach Haus gekommen ist, um uns zu sagen, daß man ihr den Sohn stehlen wolle! Wir sind schließlich keine Hungerleider, hörst du!«

»Laß es gut sein, hör doch auf«, erwiderte er, aber dann sah er, daß sie den Schlüssel ins Schloß steckte. »Willst du mich etwa hier so stehen lassen, ohne mir einen Kuß zu geben ...?«

Olga drehte sich um und gab ihm einen. Dann ging sie in den Hausflur und schloß die Tür.

Am nächsten Tag ließ Sandrino sich fünfzehn Lire von seinem Meister vorstrecken und kaufte einen Muff und eine Pelerine aus Katzenfell. Aber Olga kam nicht zur Probe. Als sie am Tag darauf ein Strafgeld verpaßt bekam, rückte sie die Lire heraus, eine nach der anderen, und lächelte, als wäre nichts gewesen.

»Prahlerei!« rief Sandrino aus und schluckte seinen Zorn hinunter. »Sie hat wohl einen Hauptgewinn gemacht, die Sora Olga!«

Er schwor, daß er ihr zwei Ohrfeigen geben würde, wenn er sie mit dem Baron sah, Ehrenwort! Und er gab sie ihr wirklich, an einem Sonntag im Caffè Merlo in den Parkanlagen, während sie ein Sorbet aß, mit Handschuhen bis zu den Ellenbogen und einem großen Hut, ganz aus Federn. Piff! Paff! Der Baron wurde leichenblaß und forderte Genugtuung. Doch Olga zog ihn fort, rief ihm zu, er solle sich doch nicht die Hände schmutzig machen mit dem Hungerleider.

»Hungerleider!« schnaubte er. »Jetzt, wo du was Besseres hast, bin ich ein Hungerleider! Und er scheint an Schwindsucht dritten Grades zu leiden, dein Baron! Es ist wirklich wahr, alles hängt am Geld auf dieser Welt!«

Und von nun an liebäugelte er mit Sora Mariettina, der Tochter des Hausbesitzers, vom Fenster des stinkenden Hofes aus. »Geht es Ihnen gut, Sora Mariettina? Ein wunderschöner Tag heute!«

Die Mama fügte hinter vorgehaltener Hand hinzu: »Der Junge ist völlig verliebt in Sie. Er wird noch krank davon werden, ja, das wird er!« Und sie trocknete sich mit der Schürze die Augen. Sora Marietta spürte ihre Brust bis zur Nase schwellen. Sie stieg in den Hof hinab, um etwas Luft zu schnappen, und verlor sich auf der Treppe mit dem jungen Mann. Der Vater steckte immer mitten in seiner Kohle und bemerkte nichts. Als Sora Antonietta sah, daß das Eisen heiß war und nun geschmiedet werden mußte, verkündete sie, daß sie nach Michaeli ausziehen würden, um das Schlimmste zu verhindern, solange noch Zeit war.

Sandrino seufzte, sah das Mädchen an, und die beiden wollten sich in den Naviglio stürzen, wenn sie sich trennen mußten.

»Habe ich es dir nicht gesagt?« rief die Mutter aus und zitterte vor Angst, daß etwas Schlimmes passieren könnte. Diese Gewissensnöte ließen sie nachts nicht mehr schlafen, und sie beichtete alles dem Herrn Probst, damit er mit dem Vater des Mädchens redete. Aber der Kohlenhändler, dessen Seele so schwarz wie Pech war, wollte nichts davon hören.

»Lügen! Alles Erfindungen einer Hebamme, die sich nicht damit begnügt, einfach nur ihre Arbeit zu machen.«

Da brannte Mariettina zum Beweis, daß es die Wahrheit war, mit Sandrino durch. Er hatte zu ihr wie zu Olga gesagt, entweder sie oder keine!

Auf diese Weise bekam Sandrino Mariettina, aber ohne Mitgift. Und die Hebamme mußte sich wegen ihres guten Namens darauf einlassen. Dann versöhnte sich der Schwiegervater mit der ganzen Bande und erzählte überall, daß ihn beim Anblick der beiden Turteltauben, der Glücklichen, die Lust überkam, es ihnen gleichzutun! Ja, man hatte ihm die Tochter genommen, und allein konnte er nicht bleiben.

Sora Antonietta schimpfte wie ein Rohrspatz und entdeckte, daß der alte »Schwindler« schließlich an die Olga geraten war, bei der Porta Renza, was den Geizkragen ein Vermögen gekostet hatte: Wohnung, Dienstmädchen und Mahagonimöbel. Der Alte wollte sie jetzt heiraten, um zu sparen und um Gott wohlgefällig zu sein. Olga war kein junges Mädchen mehr, dachte an die Zukunft und ließ sich heiraten.

Als Sandrino hörte, daß ihm dieses nichtswürdige Mädchen ins Haus kommen würde, geriet er in solche Wut, daß er sogar seine Frau verlassen wollte; er mußte ohnehin immer noch, ob mit der einzigen Tochter oder ohne sie, in der Werkstatt des Schuhmachers die Ahle schwingen. Seine Mutter war vernünftiger, beschwichtigte ihn und sagte, daß es besser war, die Schwiegermutter im Auge zu behalten, um sie zu überwachen.

»Am schlimmsten wäre es, wenn sie ihm ein Kind anhängte!« stellte sie fest, und sie wußte, wovon sie sprach. Wenn der Alte bis jetzt noch nicht in die Falle gegangen sei, so wolle das gar nichts heißen, denn das Sakrament der Ehe vollbringe noch schlimmere Wunder.

Olga hatte geglaubt, eine Signora zu werden, doch es geriet ihr zum eigenen Schaden, daß sie Gott wohlgefällig wurde; sie mußte nun den Ehemann ertragen, der das zuvor ausgegebene Geld jetzt einsparen wollte, und die Sora Antonietta noch dazu, die wieder friedlich geworden war und sie keinen Augenblick allein ließ, um ihr zu beweisen, daß sie keinen Groll mehr gegen sie hegte. »All diese Zwistigkeiten müssen ein Ende haben«, sagte sie zu Olga und Sandro. »Ihr seid jetzt fast wie Mutter und Sohn.«

Olga hatte sich aus lauter Langeweile, weil sie nie andere Menschen im Hause sah, wieder mit Sandrino versöhnt. Es war ihr, als kehre die schöne alte Zeit zurück, als sie noch nicht so dick war; und auch er vergaß Marietta, die er sich für nichts und wieder nichts aufgeladen hatte. Die andere hatte immer noch diesen Blick, der ihm das Blut in Wallung brachte, und als er sie küßte, um Frieden zu schließen, kam es ihm vor wie damals, als er sie jeden Abend in die Via della Vetra begleitet hatte. »Schöne Zeiten waren das, nicht, Sora Olga?«

Sie erzählte, daß Irma sich von dem Bankier hatte heiraten lassen und Carlotta nach Amerika gegangen war, um ihr Glück zu suchen. »Nur ich habe kein Glück!«

»Gib acht, was du tust!« predigte Sora Antonietta. »Wenn sie dem Alten ein Kind anhängt, könnt ihr das Erbe in den Wind schreiben.«

Marietta, die dabei stand, nickte zustimmend.

»Seid Ihr verrückt?« antwortete Sandro. »Das Eigentum meiner Frau! Wofür haltet Ihr mich?«

Er machte der Stiefmutter den Hof, um sie im Auge zu behalten, nicht mehr und nicht weniger, was auch Sora Antonietta tat. Er begleitete sie in die Via della Vetra, denn Olga hatte keine Spur von Hochmut, und es machte ihr Spaß, wieder wie einst als Kind in dem Laden zu sein. Die Gemüsehändlerin sagte zu den beiden jungen Leuten: »Seht mal an! Wer hätte das gedacht? Ihr seid also doch wieder zusammengekommen! Aber Ihre Mama ist trotz allem eine große Lästerzunge, Sor Sandrino!«

»Lassen Sie es gut sein, lassen Sie es sein!« wiederholte er. Und abends beim Fortgehen stieß Olga ihn mit dem Ellenbogen an, wie um zu sagen: »Erinnern Sie sich?«

Es war in der gleichen dunklen und gewundenen Gasse. Als einmal niemand vorbeikam, nahm er sie in die Arme. Von da an hatte er keinen Frieden mehr: Das Blut kochte allen beiden in den Adern, und sie liefen einander nach wie zwei Katzen im Februar. Sora Antonietta predigte: »Gib acht, was du tust! Gib acht!« Er antwortete verstört, mit zerzaustem Haar und stierenden Augen, immer wieder: »Nein! Nein! Seid Ihr verrückt? Das nicht. Seid ganz ruhig!«

Der Alte war eifersüchtig auf die Besuche bei der Mutter und auf die Leute, die diese immer um sich hatte. Er beklagte sich, daß sie ihn hintergingen und die Gemüsefrau sich an seinem Geld mäste; die Hebamme hatte sich auch die Tochter wieder ins Haus geholt, die von San Pietro all'Orto, und alle aßen sie auf seine Kosten, so sagte er. Der ganze Ärger verkürzte ihm das Leben. Olga plauderte mit Sandrino am Brunnen, mit dem Eimer in der Hand, denn auch zu solchen Vorwänden griffen sie, um sich zu sehen, sie konnten sich nicht mehr beherrschen. Er bebte am ganzen Leib und wollte ihr den Eimer aus der Hand nehmen. »Nein! Nein!« antwortete sie, mit gesenktem Haupt und keuchender Brust, denn sie war eifersüchtig auf Marietta. Und Sandro stammelte, daß es mit Marietta etwas anderes sei. Er schwor es sogar. Er hatte sie gern, ja, aber ...

In dem Augenblick rief man aus dem Fenster, daß Olgas Mann der Schlag getroffen habe. Sandrino rannte los, um Frau und Schwiegermutter zu holen. Und alle stellten sich vor dem Bett auf, mit düsterer Miene. Kaum gab der Alte ein Lebenszeichen von sich, holten sie, noch bevor der Priester kam, den Notar. Der Sterbenskranke, schon auf der Schwelle zum Jüngsten Gericht, nuschelte: »Den Besitz, wem er gebührt.« Und so ging er hin, in seligem Frieden. Olga jagten sie mit Fußtritten davon, und Sandrino schwor, daß er sie im Auge behalten werde, auch wenn die Verhältnisse jetzt anders lagen, um zu verhindern, daß sie den Besitz seiner Mariettina davontrug. Sie brüllte auf der Treppe, daß der alte Lump ihr die Jugend gestohlen habe, wollte zanken und alle Schweinereien über das Haus erzählen. Sandrino aber hielt seine Frau am Rock zurück, streichelte sie und sagte: »Hör nicht auf sie! Laß sie sich die Kehle aus dem Hals schreien! Du weißt doch, was für ein liederliches Frauenzimmer sie ist! Verdirb dir doch nicht die Laune wegen der! Jetzt wollen wir fröhlich sein.«

EINE EINFACHE GESCHICHTE

Balestra war erst vor kurzem, in einen dicken Mantel gehüllt, beim Regiment angekommen; Femia war Kindermädchen in der Via Cusani: So trafen sie einander oft auf der Piazza Castello, bei der Musikkapelle; Femia, wie sie mit den Kindern ihrer Herrin zankte, er, wie er verloren im Getümmel von Mailand an sein Heimatdorf dachte, die Hand auf dem Degen. Eines Tages setzten sie sich schließlich unter die blühenden Indischen Kastanien und wechselten ein paar Worte über die Menschenmenge, die an jenem Sonntag dort war, und über Femias Kinder, um die sie ständig große Angst hatte, wegen der nahen Straßenbahn. Carletto hatte sich vor ein paar Tagen die Nase zerquetscht, als er der Länge nach hingefallen war. – Sie küßte den Jungen, doch der wollte es nicht haben und kreischte. – »Wenn man allein auf der Welt ist, gewinnt man schließlich sogar die Steine lieb.« Und ihm ging es genauso. Beim Regiment hatte er weder Freunde noch Verwandte.

Zu Anfang verstanden sie einander nicht; denn Balestra war aus dem Süden, aus der Gegend, wo sie so reden, daß nur Gott weiß, wie sie sich verständigen. Manchmal, nachdem sie stundenlang geplaudert hatten, sahen sie einander schließlich fragend an und fingen an zu lachen.

Aber allmählich hatten sie dennoch Gefallen am Zusammensein gefunden. Jeden Tag, wenn Balestra mit baumelnden Beinen auf der Bank saß und auf den Zapfenstreich wartete, kam Femia mit ihrer weißen Schürze, den Bälgern nachlaufend, und sie wünschten einander einen guten Abend. Er, schwatzhaft wie er war, erzählte ihr nach und nach alles aus seinem Leben; daß er aus Tiriolo bei Catanzaro stammte, daß er dort unten Verwandte und ein Haus hatte, am Ortsrand, wo die Wiesen begannen, wie jenes Stückchen Grün, das man in Richtung Sempione-Bogen sehen konnte – vier Geschwister, sein Vater war Fuhrmann; sie hätten ihn deshalb gern in der Kavallerie gehabt, wenn nicht der Abgeordnete gewesen wäre, ein reicher Mann, der mit seinem Vater zu tun hatte. Aber Balestra konnte es kaum erwarten, wieder nach Hause zu kommen, so Gott wollte, weil er dort auch eine Liebste hatte, Anna Maria della Pinta, die ihm versprochen hatte, auf ihn zu warten, falls er lebend zurückkäme. Und er zog sogar die schmutzigen und abgegriffenen Briefe von Anna Maria aus der Manteltasche hervor; auf Briefe verstand sie sich – ein Prachtstück von einem Mädchen. Femia, die immer allein gewesen war, wurde ganz weich ums Herz, sie sah ihm gerührt in die vor lauter Erinnerungen glänzenden, kleinen Augen und auf seine Himmelfahrtsnase, die auch zu sprechen schien, so voll war sein Herz, und sie nickte.

Auch sie hatte jemanden im Sinn, aus ihrer Heimat dort oben bei Bergamo, der war außer Landes gegangen, um sein Glück zu suchen. Sie waren Nachbarn gewesen, und sie hatte ihn jeden Tag kommen und gehen sehen; weiter nichts. Bevor er abreiste, hatte er sie gebeten, auf sein Haus achtzugeben, während er fort war. Wenn man nichts hat, muß man sich irgendwie durchschlagen. Sie hatte Dienststellen angenommen, um sich etwas für die Aussteuer zurückzulegen. Jetzt hatte sie, was man braucht, und alles war besser als vorher; aber sie dachte immer an ihr Dorf, auch wenn sie dort niemanden mehr hatte.

Eines Tages war der Gefreite mit dem linken Bein zuerst aufgestanden und brummte Balestra acht Tage Arrest auf, wegen eines fehlenden Knopfes am Rückengurt. – Und dann darf man einem Vorgesetzten auch nicht antworten, daß man hinten keine Augen hat. – Femia machte sich Sorgen und wagte sich bis zum Tor des Kastells vor, mitten durch die Orangenkarren und die Kavalleriesoldaten, die ihre Säbel hinter sich her zogen. Als sie ihn am Sonntag endlich wiedersah, mit frisch gewaschenen Handschuhen, war es ein richtiges Fest. »Was war denn los?«

»Nun ja«, antwortete er, »das ist eben das Militär.«

Manchmal duzte er sie, wie es in seiner Heimat üblich war. Aber sie wurde rot vor Glück, als geschähe es aus einem anderen Grund. Und dann beschwerte sie sich, daß er nichts sagte, wenn er einen Knopf angenäht haben mußte, oder etwas anderes, als wären Freunde zu rein gar nichts gut.

Der dankbare Balestra spendierte ihr ein Eis, ihr und den Kindern, die sich vor dem Wagen anstellten und mit den Händen in die Eismaschine langten; und Femia leckte den Löffel ab, ganz bedächtig, und sah ihm in die Augen. Er bezahlte wie ein Prinz, mit baumwollenen Handschuhen und der Kordel am Käppi.

Wenn die Kapelle auf dem Platz spielte, dröhnten ihm die Trompeten und die Paukenschläge in der Brust. Dann erklang wehmütig der Zapfenstreich, vor dem pechschwarzen Kastell am anderen Ende des von Lichtern flimmernden Platzes. Er konnte sich nicht entschließen, die Hand Femias loszulassen, die ihm hin und wieder die Finger drückte, auch sie, ohne etwas zu sagen. Die Kinder langweilten sich und kreischten, weil sie zu den Karussells wollten.

Femia hatte kein Geld, und die Mutter war geizig. Als Carletto einmal gescholten wurde, weil er sich die Hose aufgerissen hatte, gab der Junge Femia die Schuld, die sich Eis von dem Soldaten ausgeben ließ, mit dem sie spazierenging.

»Was ist das für eine Geschichte mit dem Soldaten?« fragte die Herrin. »Du hattest mir versichert, daß du ein anständiges Mädchen bist.« Der Herr dagegen brach in Gelächter aus. »Die Femia, mit dem Gesicht?!«

Die Arme fing an zu weinen. Aber sie wurde nicht bestraft.

Doch wenn Balestra nun mit ihr zum Sempione-Bogen gehen wollte, sagte sie nein, das schicke sich nicht. Um die Kinder bei Laune zu halten, die sich nicht von der Kapelle entfernen wollten, mußten sie Geld ausgeben; und trotzdem drohten sie ihr bei jeder Gelegenheit, alles der Mama zu sagen.

»So klein!« sagte Femia. »Und sind schon so gerissen wie die Großen.«

Bei solchen Reden kam auch Balestras Gerissenheit zum Vorschein, der immer einen Platz im Schatten unter den Bäumen suchte, mit ihr in der Tram nach Cagnola fahren wollte und Vorwände erfand, um sich die Kinder vom Hals zu schaffen, die Stielaugen machten und sich ärgerten. Verstohlen drückte er ihre Hand hinter dem Rücken; oder er tat, als wäre nichts, wenn er sich gegen ihre Schulter lehnte, während sie bedächtigen Schrittes dahingingen, zu Boden blickten und mit den Füßen die Kieselsteine vorwärts stießen; dann empfand er einen großen Genuß in jener Schulter, die die ihre berührte. Einmal ging er so weit, an ihrem Rock zu ziehen, heimlich, mit rotem Gesicht und Blicken, die woandershin gerichtet zu sein schienen und doch unter dem Mützenschirm hervorschossen. Schließlich platzte er damit heraus: »Du hast mich lieb, nicht wahr?« Und er wußte nicht, wie die Liebe gekommen war.

Femia hatte ihn lieb. Aber nach dem Wehrdienst würde er fortgehen, und deshalb war es besser, es sein zu lassen. Balestra dachte daran, daß er, wenn er nach Haus zurückkam, Anna Maria wiedersehen würde, die auf ihn wartete, so Gott will. Das war nicht wichtig, es war noch Zeit bis dahin. Aber wie war es mit ihr, die immer noch an den anderen dachte, der außer Landes war. Er machte ihr deswegen Eifersuchtsszenen. Femia schwor bei Gott, daß sie nicht mehr an ihn denke. »Das werdet auch Ihr nicht tun, wenn Ihr fortgeht.«

»Bis dahin haben wir noch Zeit«, antwortete er. »Ich habe noch dreißig Monate als Soldat.«

Er dachte, er würde bis zum Ende seiner Soldatenzeit in Mailand bleiben. Doch eines Tages kam er völlig aufgelöst zu Femia, mit der Nachricht, daß das ganze Bataillon nach Monza gehe. Sie konnte es nicht glauben, dort in der Tür der Portiersfrau, die so tat, als sehe sie nichts. Sie sagte noch, daß Monza ja nicht so weit weg sei; aber als sie die Treppen hochstieg, spürte sie am Zittern ihrer Beine das große Unglück, das über sie hereingebrochen war. Die Herrin erfuhr, wer weiß wie, daß der Soldat in der Portiersloge verkehrte, und gab ihr acht Tage Zeit, um sich eine neue Bleibe zu suchen. Femia war vor Angst so betäubt, daß sie den Hieb nicht einmal spürte. Am nächsten Tag wollte sie – koste es, was es wolle – zum Bahnhof gehen, um sich von Balestra zu verabschieden.

Sie waren alle auf dem Vorplatz, die Reisesäcke auf dem Boden aufgereiht, und drängten sich um die Karren der Obstverkäufer. Balestra lief ihr entgegen, mit dem umgehängten Reisegepäck und dem weißgefütterten Käppi. Es brach ihr das Herz, ihn so zu sehen! Sie gingen die Allee auf und ab, mit beklommenem Herzen. Und als der Augenblick der Abreise kam, zog er sie zur Seite und küßte sie.

Zum Glück war Monza nicht weit weg. Sie hatte ihm versprochen, ihn bald zu besuchen. Aber in jenen acht Tagen schien ihr die Piazza Castello wie ausgestorben, und bei jedem Soldaten, der vorbeikam, fragten die Kinder, die armen, ahnungslosen: »Warum kommt Balestra nicht?« Schließlich schickte die Herrschaft sie fort, und sie war ganz froh, mit ihrem Bündel und den wenigen Ersparnissen. Es tat ihr nur wegen der Kinder leid, die das Übel angerichtet hatten, ohne es zu wissen. Am Samstag abend kam sie in Monza an, konnte ihn aber nicht sehen, weil er Wache hatte. Da fühlte sie sich mutlos in jener Stadt, wo sie niemanden kannte.

Für Balestra war das Wiedersehen mit ihr ein Fest. Sie frühstückten gemeinsam, und er zeigte ihr den Königlichen Park, der für alle offen war ... Dort fühlte er sich, als wäre er auf den Feldern seiner Heimat, mit Anna Maria, und Femia ließ sich küssen, wie er es wollte, überglücklich, daß er sie lieb hatte.

»Schade, daß wir nicht allein sein können!« sagte Balestra. Sie antwortete nicht.

Am Abend in der Kaserne machten sich seine Kameraden, die ihn mit der grauen Maus gesehen hatten, lustig über ihn und sagten zu ihm: »Glaubst du denn wirklich, es gibt nichts Besseres in Monza?« Aber er war kein wechselhafter Bursche. Es tat ihm eher leid, daß Femia soviel Geld ausgeben mußte, um dort zu sein, wo er war. Er wollte niemandem Schaden zufügen, wirklich nicht! Aber Femia war froh, daß sie in der Nähe in einer Spinnerei arbeiten konnte. Was kümmerte sie ein Bissen mehr oder weniger. »Ich habe ohnehin sonst niemanden auf der Welt, das habe ich Euch ja gesagt.« Sie sahen sich immerhin jeden Sonntag, denn sie kam erst aus der Spinnerei, wenn der Zapfenstreich schon vorüber war, und ging beim ersten Tageslicht hinein.

Balestra plante, ein Zimmer zu mieten, wo sie sich in aller Ruhe sehen konnten, denn in die Kaserne konnte er sie nicht mitnehmen, und immer im Park spazieren zu gehen war nicht sehr amüsant. Sie sagte nicht nein, sah ihn aber ängstlich an, mit jener Unschuld, die ihr geblieben war, weil kein Mensch sie je gewollt hatte. Dann hatte sie das Pech, krank zu werden. Sie stand schon mit einem Bein im Grabe, als man sie ins Krankenhaus nach Mailand brachte. Balestra schrieb ihr zweimal. Dann erfuhr er, daß sie die Pocken hatte.

Nach etwa zwei Monaten war Femia geheilt; aber ihr Gesicht war so voller Narben, daß sie sich schämte, sich Balestra in diesem Zustand zu zeigen. Es vergingen Tage und Wochen, bevor sie sich entschloß, in die Spinnerei zurückzukehren. Nach und nach war das Ersparte verbraucht, und es ging einfach nicht mehr anders! Doch im tiefsten Herzen war sie froh, daß es nicht mehr anders ging, denn sie wollte sehen, was er sagte. Sie fuhr an einem Samstag nach Monza, wie damals, und wartete im Gasthaus auf den Sonntag. Ihr Herz klopfte, als die Soldaten in Grüppchen zu viert oder zu fünft aus der Kaserne kamen. Balestra war unter den ersten und hätte sie fast nicht erkannt. Dann sagte er: »Oh, wie seid Ihr denn zugerichtet, armes Mädchen!«

Sie gingen wie üblich zusammen in den Park und redeten über ihre Belange. Er stand kurz vor dem Ende des Militärdienstes und wartete auf die Verabschiedung. »Jetzt«, so sagte er, »gehe ich in mein Dorf zurück.«

Femia fragte, ob er etwas von Anna Maria gehört habe.

»Nein, schon lange nicht mehr. Ihr kennt ja das Sprichwort: Aus den Augen, aus dem Sinn.«

»Es ist nicht so wichtig«, meinte er schließlich. »Ich bin auf jeden Fall froh, nach Hause zu kommen.«

Er hatte eine andere Liebste gefunden, nachdem sie sich

nicht mehr getroffen hatten, eine aus der Gegend. Femia sah ihn ein paar Tage später mit ihr eingehakt die Allee entlang spazieren.

Balestra hatte kein Wort darüber verloren. Als Femia ihn darauf ansprach, konnte er ein kleines, verschmitztes Lächeln unter der Himmelfahrtsnase nicht zurückhalten. »Ach, die Giulia, woher wißt Ihr das?«

Sie sagte es ihm. Balestra wollte auch wissen, wie sie sie fand. »Also«, schloß Femia, »werdet Ihr auch sie verlassen, wenn Ihr abreist?«

»Tja, ich kann ja nicht alle mit mir nehmen, die ich will. So ist das eben auf dieser Welt! ... Aber ich habe ihr noch nichts gesagt.«

Femia suchte ihn auf, wann immer sie konnte, und fragte ihn schüchtern, ob er etwas brauche. Und er antwortete nein danke, er brauche nichts. Wenn sie sich sahen, sprachen sie auch von Giulia und von der Verabschiedung, die einfach nicht kommen wollte, und von der wenigen Arbeit, die es in der Spinnerei gab. Dann ging Balestra, eilte zu der anderen, die eifersüchtig war. »Wehe mir, wenn sie wüßte!« Das war die einzige Zärtlichkeit, die Femia noch bekam: Wehe mir, wenn Giulia wüßte!

Schließlich kam der Tag der Abreise. Femia wollte ihn wenigstens zum Bahnhof begleiten, wenn es ging ...

»Warum nicht?« sagte Balestra. »Die andere ... nun ja, ich gehe ja fort!« Und auch wenn sie sie sah, war ja klar, daß die Pockennarben später gekommen waren, wie es jedem passieren konnte, und er hatte sie ja nicht mit dem Gesicht genommen. Sie redeten unter dem Schutzdach, während sie auf den Zug warteten und Balestra nach rechts und nach links schaute, um zu sehen, ob Giulia auftauche. – Aber so ist das eben auf dieser Welt ... Besonders jetzt, wo Giulia sicher war, ihn nicht mehr zu sehen.

Außerdem hatten sie sich etwas entzweit, weil sie erwartete, daß Balestra ihr noch ein kleines Geschenk machen würde. Femia hatte an eines gedacht, wagte aber nicht, ihm zu sagen, daß sie ihm einen kleinen Ring mit einem Stein gekauft hatte. Balestra deutete an, daß Anna Maria, nach so langer Zeit, wer weiß ...? Femia fragte, wo sein Dorf liege und wann er wohl ankommen würde.

Währenddessen fuhr zischend der Zug ein. Balestra sammelte eilig seine Sachen zusammen, Rucksack, Reisesack, Mantel. Er mußte gut darauf achtgeben, für die Bestandsübergabe. Inzwischen hatte sie ihm errötend den in Papier gewickelten Ring in die Hand gedrückt. Er hatte keine Zeit mehr, sie zu fragen, was es war und warum sie Tränen in den Augen hatte.

»Vorsicht bei der Abfahrt! Vorsicht bei der Abfahrt!« rief der Schaffner.

DAS WIRTSHAUS »ZUR GUTEN FREUNDSCHAFT«

Als Tonino zum ersten Mal auf die Polizeiwache gebracht wurde, an einem Karnevalssamstag, war es wegen der Frauen aus der Via San Vittorello; Orbo hatte ihn mitgeschleppt, um den Wochenlohn zu verprassen. Glücklicherweise fanden sie den großen Schlüssel nicht bei ihm, mit dem er den Kurzwarenhändler Magnocchi halb totgeschlagen hatte.

Sie hatten im Wirtshaus »Zur guten Freundschaft« in der Via San Calimero getrunken und gegessen, und Orbo hatte auch Basletta und Marco, den Zwerg, aufgelesen – Tonino bezahlte.

Nach der großzügigen Ausgabe fragte er mit geschwellter Brust: »Gehen wir noch ins Carcano?«; denn da war an dem Abend Maskenball. Doch sogleich besann er sich und bereute den Ausrutscher; bedächtig zählte er das Geld, das er noch in der Tasche hatte.

Die anderen hänselten ihn. »Du hast wohl Angst vor der Mama, was? Oder vor der Barberina, die dir den Hintern versohlt wie einem kleinen Jungen.«

Wenn die drei auf den Maskenball gingen, bezahlten sie den Eintritt allerdings, indem sie sich hineinschoben; man brauchte nur den Mut, mit dem Zigarrenstummel im Mund vor der Nase der Wächter vorbeizugehen. Und dort im Theater wurden dann die Larven getätschelt und gezwickt, das war alles, was sie wollten, so daß der Zwerg und Basletta mit Fußtritten wieder hinausflogen, während Tonino eine als Wilde Kostümierte zum Trinken einlud, die immer Streit mit den Bütteln hatte, wegen ihres Federröckchens, das wie eine Fahne flatterte. Im Café hatten sie, die Ellenbogen auf dem Tisch, miteinander gescherzt, und die Wilde lachte so sehr, daß ihr vor Fröhlichkeit die Brust aus dem Ausschnitt hüpfte. Tonino hätte ihr alles spendiert, was zu haben war, bis er nichts mehr in der Tasche hatte, so betörend waren ihre mit Kohle geschminkten Augen und die Stoffblume im Haar, ganz berauscht war er davon. Und er empfahl ihr dieses und jenes, wie einer, der sich darauf verstand und vom Fach war, als Tischkellner im Caffè della Rosa am Corso San Celso. Orbo, der die Bewirtung gerochen haben mußte, kam und erzählte herum, daß Tonino der Sohn der ersten Gemüsefrau vom Markt sei und nicht zu sparen brauche. Doch das Mädchen wollte wieder tanzen, jawohl! Sie war ja schließlich wegen des Maskenballs gekommen. Außerdem hatte sie nun keinen Durst mehr; vielen Dank, vielleicht ein andermal. Tonino wurde immer feuriger: »Noch einen Walzer, meine Schöne!« Und er gab sich alle Mühe, mit seinem höflichen Gebaren eines jungen Kaffeehauskellners, mit Lockenfrisur und geschwellter Brust, seine Beine an ihre gedrückt und vor der Nase immer diesen Busen, der seinen Anzug einpuderte. »Lassen Sie mich gehen, mein Lieber, wirklich. Ich habe doch meinen Kavalier dabei, der mir das Kostüm bezahlt hat, der Türke, der so böse herübersieht. Wenn Sie mich besuchen wollen, Sie wissen ja, wo ich zu Hause bin, in der Via San Vittorello, fragen Sie nach Assunta.«

Tonino wurde puterrot, hätte dem Türken am liebsten die Nase abgerissen, dem Hurensohn! Orbo, der ihm ständig im Nacken saß, weil er nichts Besseres zu tun hatte, beruhigte ihn: »Hör doch auf, komm, wir gehen was trinken.«

Draußen warteten Marco, der Zwerg, und Basletta, auf einem Zigarrenstummel kauend und die Hände in den Taschen. Um sich aufzuwärmen, gingen sie zusammen zu

Gaina. Toninos Blut geriet in Wallung, vom Trinken und vor Eifersucht und auch, weil sie ihm sagten, er stehe unter dem Pantoffel seiner Schwester. Er grölte, daß er jetzt mal über die Stränge schlagen wolle, zum Teufel! Er wolle auf Assunta warten, dem Türken zum Trotz, vor ihrer Tür in der Via San Vittorello! Und die anderen, Marco, der Zwerg, und Basletta, lachten nur.

Und er, zum Beweis, daß er bei Sinnen war, wollte sich selbst von vieren nicht abhalten lassen. »Laß doch, komm! Um diese Zeit machen sie uns nicht mehr auf, sag ich dir. Laß uns lieber ins Malacarne gehen, da gibt es einen guten Valpolicella!« Tonino war wieder der liebe Junge, vergaß von einem Moment zum anderen alles und ging mit ihnen, wohin sie wollten, munter wie ein Fisch im Wasser, sang lauthals die *Mariettina*, und wenn sie Kostümierte trafen, riefen sie ihnen Zoten nach.

Der Zwerg, vom Wein lüstern geworden, kam wieder auf Assunta zu sprechen, ein schönes Weibsbild, Donnerwetter, mit ihrer Verkleidung als Wilde! Da wetterte Tonino gegen seine Freunde, weil sie ihn nicht gehen ließen, wohin es ihm beliebte und gefiel, und ihn wirklich wie einen kleinen Jungen behandelten! Während sie so stritten, mit schwerer Zunge, hatten sie, ohne es zu merken, den Corso San Celso und die Via Maddalena hinter sich gelassen, und an der Ecke lief Tonino die Via San Vittorello hinunter und bestand darauf, daß man ihm aufmache, denn oben brannte noch Licht. Als die Frauen die Steinchen am Fenster und die Fußtritte gegen die Tür hörten, fingen sie an zu schreien, als wolle man sie abschlachten und nicht etwas anderes.

Magnocchi, der mit ein paar Freunden noch oben war, kam auf die Straße herunter. Was sie denn eigentlich wollten? Ob sie einen Aderlaß wollten wegen des Weins, den sie im Körper hatten? »Den kann ich dir geben, den Aderlaß, du Halunke!«

Im Handgemenge hörte man Schreie: »Au! Die bringen mich um!« Und Orbo konnte gerade noch rechtzeitig den Schlüssel wegwerfen, mit dem Tonino dem anderen den Schädel eingeschlagen hatte, denn der arme Kerl war leichenblaß und wußte nicht, wohin, als die Stiefel der Wachtmeister schon zu hören waren.

Die Verwandten erfuhren es am Tag darauf, als Sora Gnesa ihren Stand abbaute und Barberina draußen vor der Bude nach allen Seiten schaute, um zu sehen, ob ihr Bruder auftauche, denn der Cafébesitzer hatte schon nach ihm geschickt. Adele, das Mädchen aus dem Barbierladen, war gekommen, um noch für zwei Groschen Radieschen zu holen, für das Abendessen, und sie hatte es im Laden gehört. »Man hat den Schleifenverkäufer aus der Via San Vittorello umgebracht, und Tonino war bei der Prügelei dabei.« Zum Glück war Magnocchi nicht tot; aber die Frauen, Mutter und Tochter, fingen an zu kreischen, daß Tonino sie ins Unglück gestürzt habe. Im Nu war der ganze Gemüsemarkt in Aufruhr. Barberina raffte die Röcke und lief los, um den Vater zu holen, der den Karnevalssonntag bei Ambrogio feierte, dem Erstgeborenen, der ein Wurstwarengeschäft in der Via della Signora hatte. »Tonino ist verhaftet worden, in der Via San Vittorello!« Sor Mattia war zwar noch etwas schwach auf den Beinen, nahm aber den Hut und rannte auf die Wache von San Fedele, desgleichen Ambrogio, der seine Schwester beschwor, sich zu beruhigen, um ihm nicht das Geschäft zu verderben. Auf der Wache wurden sie wie ein Stück Dreck behandelt, Vater und Sohn. Sie mußten auf der Bank warten, niemand beachtete sie, und der Wurstwarenhändler, mit dem Hut in der Hand, verlor seine wertvolle Zeit, und das an diesem Tag. Der Hauptwachtmeister, der ihn kannte, sagte barsch zu ihm: »Kommen Sie morgen wieder. Sie haben ja einen feinen Bruder, wissen Sie!«

Dann wurde Tonino freigelassen und trug ganz keck den Hut schief auf dem Kopf. Sora Gnesa jammerte und murrte, aber er erwiderte: »Also, jetzt hört schon auf, Mama! Ich kann es nicht mehr hören, wirklich!« Und er steckte sich seine Pfeife an. Barberina aber gab keine Ruhe. Sie schrie ihn an, daß er der Nagel zu ihrem Sarg sei, daß sie unter der Plane auf dem Gemüsemarkt schmorten, um den jungen Herren im Gefängnis durchzufüttern und für seine Dummheiten aufzukommen. Da wollte der Bruder ihr eine deftige Ohrfeige geben und ihrem Klatschbasengesicht eine gehörige Abreibung mit ihrem eigenen Salat verpassen! Doch als der Vater kam, steckte er die Pfeife kleinlaut wieder in die Tasche.

»Du Bandit!« begann Sor Mattia. »Du Tunichtgut! Siehst du nicht, wie wir arbeiten, deine Mutter, deine Schwester und Ambrogio? Glaubst du, wir können auch noch für deine Dummheiten aufkommen? Bevor dich die Büttel totschlagen, will ich dich lieber mit meinen eigenen Händen erwürgen! Sämtliche Knochen will ich dir brechen!

»He!« rief Tonino leichenblaß und hob schützend die Arme. »He! Haltet um Himmels willen Eure Hände im Zaum, Vater!«

Sora Gnesa kreischte lauter als eine Gans, und Barberina schrie den ganzen Gemüsemarkt zusammen. Der Vater sagte allen seine Meinung. Damit etwas aus ihm würde, hatte er Tonino die Stellung im Caffè della Rosa besorgt, einem der besten Cafés, und der Wirt war sein Freund. Er hätte ein bißchen Erfahrung sammeln sollen, und dann hätten sie selbst ein Lokal eröffnen können; Ambrogio Wurstwarenhändler, die Frauen auf dem Gemüsemarkt, er hinter der Theke, das ganze Gebäude hatte dieser Lump nun zum Einstürzen gebracht! Sor Mattia erstickte fast vor Wut. Um sich nicht zu irgendeiner Dummheit hinreißen zu lassen, ging er wieder zurück in die Via della Signora.

Ambrogio lief schnell zum Cafébesitzer und bat ihn, Tonino wieder zu nehmen, denn er bereue alles und verspreche, vernünftiger zu werden.

»Mein Lieber, das geht nicht! In meinem Metier ist das eine schlimme Sache; jetzt, wo man auf der Wache an Eurem Bruder Geschmack gefunden hat. Ich will nicht den ganzen Tag diese Visagen im Lokal sehen, die in der Küche und hinter der Theke nach ihm sehen. Darunter leidet mein Geschäft. Würdet Ihr ihn denn nehmen?«

Ambrogio wollte nicht einmal, daß sein Bruder auch nur den Fuß in seinen Laden setzte, seitdem ein Wachtmeister ihm freundschaftlich auf die Schulter geklopft hatte.

Die Frauen, der Vater, alle ließen nun ihre Wut an dem Pechvogel, dem Taugenichts aus, der der Familie zur Last fiel und den keiner haben wollte.

»Ich war nur gut, solange ich Trinkgelder nach Hause brachte!« Der junge Bursche schimpfte, denn sie ließen es ihm sogar an dem fehlen, was man als das Nötigste bezeichnet, und hielten ihn im Haus wie einen Bettler. Als Basletta ihm eines Tages über den Weg lief, während er zwischen den Marktständen herumschlenderte, rief er aus: »Nanu! Du hier? Du läßt dich ja gar nicht mehr blicken. Gibst du mir einen aus?«

Tonino antwortete, er habe kein Geld. Seine Familie habe ihm die Leviten gelesen wegen der Geschichte in der Via San Vittorello. Als sie an Sora Gnesas Stand vorbeikamen, blinzelte Basletta Barberina zu, die gerade Rüben bündelte, mit ihren bis zum Ellenbogen entblößten schönen, roten Armen. »Hör auf!« brummte Tonino. »Ich mag es nicht, daß man mit meiner Schwester scherzt!«

»Sieh mal an! Jetzt, wo du vor Gericht warst, bist du wohl empfindlich geworden! Ich fresse sie ja nicht, deine Schwester! Eine nette Art hast du, die Leute zu empfangen!«

Er wollte, daß der andere mitkomme und die Freunde begrüße, die ihn alle seit einer Ewigkeit nicht gesehen hatten. Tonino zögerte.

»Du Esel! So wie deine Familie dich behandelt! Schick sie doch zum Teufel, komm!«

In der »Guten Freundschaft« trafen sie Orbo, der Tonino auch begrüßen wollte und in einer Ecke mit ein paar Fuhrleuten Briscola spielte. Auf den Gemüsemarkt ging er nicht mehr, denn Sora Gnesa warf ihm vor, er verderbe ihren Sohn, und Barberina schnauzte ihn nur an. »Ein richtiger Gendarm ist dieses Mädchen!« Dann sagten sie, daß sie den Zwerg suchen gehen wollten, der nicht mehr in die »Gute Freundschaft« kam, seit der Wirt ihm nicht mehr anschrieb.

Bevor sie herausbekamen, wo der Zwerg steckte, mußten sie durch ein halbes Dutzend Wirtshäuser ziehen. Denn Marco hüpfte nun wie ein Vogel von Zweig zu Zweig, seit er mit der »Guten Freundschaft« gebrochen hatte. Orbo hatte beim Briscola gewonnen und gab zwei Runden aus. Dann umarmten sie den Zwerg und küßten sich, als wären sie alle gerade aus dem Gefängnis entlassen worden; und dieses Mal bezahlte der Zwerg. »Und ihr«, sagte er schließlich, »laßt euch immer noch vom Wirt der ›Guten Freundschaft‹ das Geld aus der Tasche ziehen. Wirklich, eine schöne Freundschaft! Alles voller verkleideter Büttel, am Abend!«

Kurz und gut, sie traten erst wieder auf die Straße, als

schon die Gaslampen brannten, und Basletta mußte noch den halben Montag bei seinem Prinzipal abarbeiten, der in der Via dei Bigli auf ihn wartete; die Teppiche mußten ausgelegt werden, bevor es Abend wurde und die Herrschaften kamen! »Und wenn schon!« antwortete der Zwerg. »Sie werden auch ohne Teppiche kommen, und der Prinzipal wird warten. Ich habe meinen zum Teufel geschickt und nehme nun Arbeiten zu Haus an, wenn was hereinkommt, als Kunsttischler. Nur braucht man leider Kapital dafür, aber ich will nach meiner eigenen Nase arbeiten.«

Orbo war das gleichgültig, denn er hatte sich seinen Tagelohn beim Briscola verdient. Einen festen Beruf hatte er nicht. Er machte alles, Dienstmann, Hundescherer, Stallbursche, Makler. Er verdiente so mehr und war frei wie ein Vogel in der Luft.

»Es lebe die Freiheit!« rief Basletta. »Wenn die Republik kommt, wird es keine Lehrlinge und keine Herren mehr geben.«

Und alle vier schlenderten sie über die Bastionen, sangen aus vollem Halse und stießen einander zum Spaß in den Graben hinunter.

Bevor sie zur Porta Romana kamen, sahen sie in der Dunkelheit die Abzeichen der Carabinieri funkeln. Sie gaben an, daß sie von der Arbeit kämen. Tonino verabschiedete sich darauf von der Gesellschaft.

»Geh nach Haus, geh schon, Junge! Sonst versohlt die Barberina dir den Hintern!« riefen sie ihm nach.

»Seit er auf der Wache von San Fedele war, benimmt sich der Junge wie ein begossener Pudel«, sagte Orbo. Doch Tonino kümmerte sich nicht darum. Er stieß Orbo, der ihm mit seinen Sticheleien am nächsten war, mit dem Ellenbogen, so daß der fast in den Graben gepurzelt wäre.

Zu Hause half er den Frauen beim Geschäft. Mitten in

der Nacht stand er auf, um die Gemüsekarren zu entladen, den Stand aufzubauen, den Kessel für die Röstkastanien anzuheizen. Später scherzte er ein wenig mit den Standnachbarn, machte Fingerspiele mit den Dienstmägden und pfiff den vorbeikommenden Mädchen nach. Dann begann er zu gähnen und sich zu strecken. Jeden Tag stritt er mit seiner Schwester, weil sie mit dem Geld für seine Pfeife knauserte.

»Das braucht er nur für die Weiber in der Via Pantano, die hinter den Fensterläden hocken und ihm etwas zuzischeln!« brummte Barberina. Sie würde keinen Kohlkopf auf Kredit geben, noch nicht einmal Sor Domenico, dem Weinhändler an der Ecke, der ein gestandener und wohlhabender Mann war und sie heiraten sollte. Ganz und gar auf ihr Geschäft bedacht, das Mädchen! Selbst Sor Domenico bekam manchmal Mitleid mit dem armen Kerl und gab ihm lachend einen Groschen. Tonino wurde rot wie eine Tomate und nahm ihn, weil es sein künftiger Schwager war; aber in ihm kochte es, und wie!

»Arbeite doch!« hielt ihm Sor Mattia vor. »Tu das, was wir alle tun, du elender Faulenzer!« Doch er selbst hätte sich nicht für hundert Lire vom Fleck gerührt, von seinem Platz neben der Theke des Wurstwarenhändlers, die Hände über Kreuz auf den Stock gestützt.

Die Freunde sagten Tonino jedesmal, wenn sie ihn trafen: »Du Trottel! Siehst du denn nicht, daß sie dich schlechter als einen Hund behandeln? Ich würde sie an deiner Stelle zum Teufel schicken, die ganze Gesellschaft und das Brot, für das sie dich schwitzen lassen.«

Orbo erklärte, er wolle sich nicht einmischen, weil Barberina ihm androhte, sie würde ihm die Augen auskratzen, wenn sie ihn mit ihrem Bruder sehe.

Eine wirkliche Plage, dieses Mädchen! Er versuchte

doch nur, in Frieden zu leben und sein täglich Brot zu verdienen. Er hatte eine Arbeit als Bote in einer Drogerie angenommen. Eine gute Stelle, nichts zu tun, und man konnte sich oft was einstecken. Tonino schwor, er habe keine Angst, seiner Schwester in die Fresse zu treten, wie einer Katze. Ob sie es sehen wollten?

Es war eine Schande, daß er in der »Guten Freundschaft« immer auf die Freundlichkeiten der anderen angewiesen war oder daß er, wenn sie um einen Liter spielten und er verlor, mit dem Kohlestift an der Wand anschreiben lassen mußte. Man gab ihm Kredit, weil man wußte, wessen Sohn er war und daß er am Ende bezahlen würde. Ansonsten versuchte er sich im Kartenspiel, Briscola oder Zecchinetta, und manchmal endete es mit Faustschlägen und Tritten, so daß der Wirt sie alle hinauswarf, um sein Lokal nicht in Verruf zu bringen. Die Büttel hatten es ohnehin schon im Auge, wegen der Leute, die dort verkehrten, und wenn eine Razzia zu machen war, begannen sie immer mit der »Guten Freundschaft«.

Der Zwerg hatte schon recht, wenn er sagte, daß es dort schlimmer sei als im Wald von Merlata. Man konnte nie sicher sein, daß man im eigenen Bett schlafen würde, wenn man den Abend in dieser Kneipe verbrachte. Doch selbst er war aus lauter Heimweh dorthin zurückgekehrt, er konnte nicht anders. Dort trafen sich Orbo, Basletta und andere Freunde vom gleichen Kaliber, manchmal brachten sie auch Frauen mit, und dann wurde es lustig! Herrliche Ganovenwelt!

Zu Basletta kam oft Lippa, eine Brünette, winzig klein, die hatte aber den Teufel im Leib, und es hieß, er müsse sie heiraten. Basletta murrte, wenn sie ihn beim Essen aufstöberte; sie aber griff in seinen Teller, ohne auch nur um Erlaubnis zu bitten, und, damit nicht genug, brachte sie manchmal auch die Blonde mit, die magere, spindeldürre, die man immer schubsen mußte, bevor sie sich entschloß einzutreten, und die das Essen mit den Augen verschlang. Auch Tonino hatte sie aus Mitleid einmal eingeladen, und so hatten sie sich kennengelernt. Später gingen alle hinaus, um in der frischen Luft auf den Bastionenring zu spazieren.

»Meine Schwester will es einfach nicht verstehen, daß ich in meinem Alter auch etwas Geld brauche«, brummelte er vor sich hin. »Sie meint, alle hätten nichts anderes im Sinn als das Geschäft, wie ihr Weinhändler.«

»Dann gib dir mal ein bißchen Mühe!« antwortete Orbo. Marco, der Zwerg, hatte in jenen Tagen ein gutes Geschäft gemacht, kam immer mit vollen Taschen, und die anderen sprachen hinter vorgehaltener Hand darüber. Wenn die Wachtmeister kamen, um zu schnüffeln, und merkten, daß sogleich das Thema gewechselt oder geschwiegen wurde, klopften sie Tonino auf die Schulter und schärften ihm ein: »Paß auf, du landest bald wieder in San Fedele!«

Wenn Tonino und die Blonde auf der Bastion stritten, weil er eifersüchtig war, sagte sie mit ihrem blassen Gesicht: »Du hast ja recht! Aber ich bin ein armes Mädchen und muß mir zu helfen wissen!« Es quälte ihn, wenn sie es ihm so ins Gesicht sagte, mit dieser ruhigen Stimme und den grauen Augen, die ihn ganz gelassen unter der Laterne ansahen. Oft waren sie alle zusammen, er, Orbo, Marco, der Zwerg, und die Blonde, alle vier betrunken, und jedesmal, wenn die anderen ihre schmutzigen Finger nach ihr ausstreckten, hätte Tonino sie umbringen können. Und dann dachte er im stillen über Barberinas Vorhaltungen nach, daß er sich nämlich vor allem Mühe geben müsse.

Und er gab sich wirklich Mühe. Barberina wußte nur nicht, daß er sich ausgerechnet mit ihrem Schubkasten Mühe geben würde, eines Nachts, als im Laden alle schliefen und er sich mit einem umgebogenen Nagel am Ladentisch zu schaffen machte. Nach getaner Arbeit riß er die Tür auf und begann zu brüllen: »Haltet den Dieb!«, als ließe sich eine Frau wie Barberina hinters Licht führen. So wie sie war, im Nachthemd, packte sie ihn am Nacken und wollte ihn ins Gefängnis bringen, ohne sich darum zu scheren, daß er sich bekreuzigte und hoch und heilig schwor, er wisse von nichts. Die Mama kam herbeigelaufen, Ambrogio und Sor Mattia, sie brachten ihn dazu, den Brocken auszuspucken, und jagten ihn dann mit leeren Händen aus dem Haus, so daß die Blonde, als er bei ihr ankam und so ein Gesicht zog, es nicht fertigbrachte, ihm die Tür vor der Nase zuzuschlagen.

Orbo, der ein Freund des Hauses geworden war, hielt ihm immer wieder vor: »Wenn du auf Kosten des armen Mädchens leben willst, bist du wirklich ein Schwein, weißt du!«

Auch ihr wurde es lästig, daß er ihr immerzu auf der Pelle hockte und sie vor lauter Eifersucht nicht einmal eine halbe Stunde allein ließ; da schickte sie ihn zum Arbeiten. Er hatte den Verdacht, sie tat es nur, um sich mit Orbo zu amüsieren.

»Ich schwöre dir, daß ich nur dich liebhabe!« antwortete sie. »Aber was soll ich denn tun? Ich bin schließlich keine vornehme Dame!«

Und so ging er, und das Herz zog sich ihm zusammen.

Eines schönen Tages wurden der Zwerg und Basletta verhaftet, wegen Diebstahls gewisser Kerzenvorräte in der Drogerie, in der Orbo arbeitete, und auch Tonino traf es, der an der Ecke der Via Armorari geschnappt wurde, wo er angeblich Wache gestanden habe. Er und sein Anwalt beteuerten, daß er etwas ganz anderes vorgehabt und sich lediglich wegen eines persönlichen Bedürfnisses dort befunden habe. Aber es war vergeblich: Er wurde zu einer Gefängnisstrafe verurteilt. Im Kerker ging allerdings das Gerücht um, daß die Blonde jetzt mit Orbo gehe und Tonino denunziert habe, um ihn loszuwerden und sich die drei Lire für die Anzeige einzustecken.

Tonino wollte es nicht glauben; doch der Vater, die Mama, sein Bruder Ambrogio und sogar Barberina kamen ihn im Gefängnis besuchen und hielten ihm vor, daß sie es ihm ja vorhergesagt hatten. – Aber immerhin waren sie gekommen! Und er weinte, und dabei wurde ihm leichter ums Herz. – Nur die Blonde kam nicht!

Es hieß, Orbo sei mit Toninos Sachen gesehen worden, mit einem karierten Jackett, das noch bei der Blonden in der Kommode war, als er verhaftet wurde.

EIFERSUCHT

Bobbia sagte zu sich selbst: »Ich will doch sehen, ob es wahr ist oder nicht!« Und er legte sich an der Ecke von San Damiano auf die Lauer. Crescioni wohnte dort gegenüber: Im Fenster brannte Licht. Und wie man es ihm gesagt hatte, kam Carlotta gegen neun dann tatsächlich über die Brücke, mit gerafften Röcken, und schlüpfte in Crescionis Haustür. Sie hatte sich auch noch in Schale geworfen, dieses dreiste Luder! Auf in den Kampf ... Mit wenigen Sätzen erreichte er sie oben auf dem Treppenabsatz, denn sie flog fast über die Stufen; und in einem einzigen Knäuel, in die Haare verkrallt, stürzten beide, Carlotta und ihr Mann, dem Crescioni durch die Tür.

Da brach das Erdbeben los ...! Er versuchte, den Schlägen auszuweichen, Bobbia hatte schon Schaum vor dem Mund und zog irgendeinen Gegenstand aus der Tasche; Carlotta kreischte für alle drei zusammen. Crescioni zog schnell die Decke vom Bett, das schon schön vorbereitet war, und stülpte sie dem Bobbia über, sonst wäre wer weiß was passiert! Sor Gostino, ein kräftiger Kerl, der in einem Palast Hausmeister hätte sein können, schlug mit dem Besenstiel auf den Haufen ein, um ihn zur Ruhe zu bringen.

Schließlich rückten die Wachtmeister an und brachten sie auf die Wache. Dort kamen sie mit zerschlagenen Knochen langsam zur Vernunft. Carlotta zeterte, daß alles überhaupt nicht stimme, ehrlich! Aber bei dem Kerl wolle sie auch nicht mehr bleiben, jetzt wo er sie verdächtigt hatte! Und überhaupt, sie waren ja schließlich nicht einmal Mann und Frau.

»Wenn ihr gar nicht Mann und Frau seid ...«, sagte der Kommissar.

»Nach fünf Monaten, die wir wie Mann und Frau zusammen waren!« hielt Bobbia dagegen. »Was hat ihr denn in diesen fünf Monaten gefehlt, sagen Sie selbst, Herr Kommissar? Kleider, Stiefeletten, Landausflüge, sonntags und an allen Festtagen! Damals hätte ich die Augen besser offenhalten sollen, als sie in Gorla mit diesem und mit jenem im Wald verschwand, unter dem Vorwand, Veilchen zu pflücken. Und ich ließ sie ruhig gehen, als wären wir Mann und Frau!«

»Ich wußte gar nichts davon!« murrte Crescioni und wischte sich das Blut von der Nase.

»Wenn Sie nichts davon wußten, machen Sie sich nur keine Sorgen, ich werde Ihnen nicht zur Last fallen, wenn Sie mich nicht wollen!« kreischte Carlotta wütend, während sie die Risse in ihrem neuen Kleid begutachtete.

Sor Gostino, der Zeuge, legte ein paar gute Worte ein: »Ach kommt, es ist doch gar nichts passiert! Es muß ein Mißverständnis sein.« Aber Bobbia war gewaltsam in eine fremde Wohnung eingedrungen und hatte sich wie ein Wilder aufgeführt; und es grenzte an ein Wunder, daß er mit ein bißchen Gefängnis davonkam. »Dabei war es ja gar nicht Eure Frau«, stellte der Kommissar fest. Und Bobbia antwortete: Meinetwegen können Sie sie gerne haben, das Juwel! Ich habe sie ohnehin satt.«

Der Liebhaber kratzte sich am Kopf. Doch Carlotta schlang ihm die Arme um den Hals, vor dem Herrn Kommissar, und schwor ihm, daß sie von nun an nur ihm und niemandem sonst gehören wolle.

Sor Gostino half ihr dabei, ihre Sachen zu Crescioni zu bringen, aber gleichzeitig ermahnte er alle, mit Bobbia Frieden zu schließen, sobald er aus dem Gefängnis komme; sonst könne es früher oder später ein schlimmes Ende nehmen.

»Mit Crescioni?« schrie später Bobbia. »Mit dem Verräter, der so getan hat, als sei er mein Freund?«

»Na gut, aber jetzt, wo er sich die Carlotta genommen hat! Tun Sie einfach so, als seien die beiden Mann und Frau und als hätten Sie ihm zuerst ein Unrecht angetan.«

So redeten sie ohne Ende bis nach Mitternacht, gingen langsam vom Wirtshaus San Damiano bis zur Tür von Sor Gostino und lallten mit belegter Zunge.

Eines Abends begegneten sie Carlotta Arm in Arm mit Crescioni, während sie im Dunkeln stritten. Ein anderes Mal sah Bobbia sie, als sie vor der Tür Gemüse kaufte und mit bloßen Armen und ungekämmt im Karren der Gemüsehändler herumstöberte. Als wäre ihr Herz dort hängengeblieben. Als er Crescioni traf, ganz abgezehrt und mit einem acht Tage alten Bart, der ihm ein krankes Aussehen gab, rieb er sich die Hände. »Die Carlotta braucht etwas anderes als das blonde Milchgesicht, ja, das braucht sie!«

»Jeden Tag streiten sie, und es setzt auch Hiebe«, erzählte Sor Gostino. »Erst gestern wieder ist sie weggelaufen und halbnackt in meine Pförtnerskammer gekommen, weil der Crescioni sie totschlagen wollte. Er sagt, er macht es, um sie loszuwerden.«

Am Weihnachtsabend gelang es ihm, ganz gottgefällig, die drei zu einem Umtrunk zusammenzubringen. »Wollt ihr denn das neue Jahr mit Groll im Herzen beginnen?«

Carlotta war zugeknöpft in ihrem Flitter und rümpfte bei jedem Glas die Nase, weil Bobbia dabei war. Hübsch sah sie aus, mit der Haarsträhne auf der Nase! Aber Crescioni bekam der Wein nicht, er stand schmollend an der Wand und hustete vor lauter schlechter Laune. »Ihr habt dem Bobbia die Frau weggenommen! Was wollt Ihr denn noch?« flüsterte Sor Gostino ihm ins Ohr. Bobbia dagegen wurde ganz weich und bezahlte, ohne mit der Wimper zu zucken, eine Flasche nach der anderen.

»Ich erinnere mich«, sagte er Carlotta ins Ohr, »ich erinnere mich noch, wie wir zum erstenmal zu mir nach Hause gegangen sind.« Und Crescioni zog mit bösen Blicken das Kinn aus dem Schal hervor. Dann ging die ganze Gesellschaft gemeinsam fort, Crescioni voran, mit den Händen in der Tasche und finsterer Miene. Er öffnete die Tür und ließ Carlotta durch, während er brummte: »Es wird noch so kommen, daß du mir mit dem Bobbia den gleichen Dienst erweisen willst, den ich ihm erwiesen habe!«

Sor Gostino grinste und dachte: »Heute nacht taucht sie bestimmt im Nachthemd bei mir auf.«

Bobbia erzählte er ganz im Vertrauen, daß Carlotta auch ihm gefiel, wegen ihrer Fröhlichkeit. Ohne irgendwelche Hintergedanken natürlich! Welch ein Glück, daß sich seine Frau immer im ersten Stock aufhielt, bei dem Hauswirt, der sie ihm nicht eine Minute überließ. Sonst wäre es schlimm, eifersüchtig wie sie war! Sor Gostino hatte eine Heidenangst vor Sora Bettina, die ihn geheiratet und zum Hausmeister befördert hatte, weil sie seit vierzig Jahren ein Herz und eine Seele mit dem Hauswirt war; so sehr, daß der, wenn sie zwischen Mann und Frau stritten und man im Hof die Flüche und Schimpfworte von Sora Bettina hörte, in Pantoffeln auf den Balkon trat und mit heiserer Stimme schrie: »He, Gostino! Was ist da los?«

Aber zurück zu den beiden anderen. Crescioni wollte Carlotta ernsthaft heiraten, weil die ihm sagte, daß es jetzt wirklich sein mußte. »Wenigstens«, so dachte er, »bin ich dann sicher, daß das Kind meines ist!«

Sor Gostino zwinkerte verschlagen mit den Augen: »Und wenn ihr einen Paten braucht, so habt ihr ihn schon gefunden!«

»Was sagen Sie denn da!« rief Sora Carlotta aus und versuchte zu erröten.

Bobbia war fuchsteufelswild. Seit geraumer Zeit hatte er sie nicht mehr gesehen; und Gigia, die Tabaksfrau, hatte ihn ein oder zwei Wochen lang an der Nase herumgeführt und ihm dann einen deftigen Korb gegeben, auf die Wange. Aha! Nun wollte sie wohl nichts mehr von ihm wissen, die Carlotta, damit Crescioni sie heiratete? Ihm stieg das Blut zu Kopfe, jedes Mal, wenn er sie von Sor Gostinos Kammer aus sah, wie sie mit den Hüften wackelnd durch das Treppenhaus ging oder Wasser hochbrachte, den Bauch vorgestreckt. »Lassen Sie mich ihr doch helfen gehen, Sor Gostino. Nein, ich habe keinen Durst mehr. Den Rest können Sie trinken, auf mein Wohl.« Aber die Carlotta eilte davon, sowie sie ihn sah.

»Geht fort! Er ist zu Haus. Außerdem, zwischen uns ist es aus.«

Er hätte sie schlagen und an ihrem Nackenwulst packen wollen, der ihm das Blut in Wallung brachte. »Aha! Du wirst immer dicker bei dem Schwindsüchtigen! Du willst mich wohl auch schwindsüchtig sterben lassen wie ihn! Denkst du denn, ich bin aus Stein …?«

»Das hättet Ihr Euch vorher überlegen können. Da, das wird Euch abkühlen.«

Und Bobbia ging, schüttelte sich das Wasser von den Kleidern und fluchte.

Die Hochzeit fand statt. Ein Kind wurde geboren, zwei Monate zu früh, und es war ein Mädchen. Crescioni kochte vor Wut, wenigstens einen Jungen hätte er haben wollen und nicht an die Mitgift und den vielen anderen Ärger denken müssen. »Was das angeht, machen Sie sich nur keine Sorgen um Ihre Tochter«, tröstete ihn Sor Gostino, »sie wird es wie ihre Mutter machen.«

Ihre Mutter hatte gemacht, was alle wußten. Sie hatte sich von den schönen Worten eines jungen Herrn betören lassen und war dann von zu Hause weggelaufen, um die Schande zu verstecken, als sie merkte, daß die Mama kein Wort sagte und sie nicht aus den Augen ließ, und sie spürte, wie ihr die Hitze ins Gesicht stieg. Es war an einem Karnevalssamstag; Luisina war gerade etwas verpfänden gegangen, um feiern zu können, und sagte mit einem gewissen Blick zur Tochter: »Was hast du, daß du gar nichts ißt?«

Am nächsten Tag fanden sie die Haustür offen; und der Vater, der Arme, hatte vor Kummer zu trinken begonnen. Was für eine Schuld hatte sie daran? Als junges Mädchen war sie durch die Straßen und die Cafés gezogen und hatte Lampenschirme verkauft. Es war wie eine Lehrzeit für sie gewesen. Und dann das Elend und der Verdruß, mit der gleichen Ware wieder nach Hause zu kommen, in die Via della Commenda, die eine einzige Wasserpfütze war, die Versuchung der Schaufenster, die Sprüche der Gassenjungen, die schönen Worte der Kunden, die nur verhandeln wollten … Kurzum, sie war dafür bestimmt! Als ihr Liebhaber sie hatte sitzen lassen, in der Via San Vicenzino mit ein paar Lumpen im Koffer und siebzehn Lire in der Tasche, war sie gezwungen gewesen, sich mit Bobbia einzulassen, der sie bei guter Laune hielt, wenn er Geld hatte, und sie danach schlug, wenn die Rechnungen kamen. Crescioni dagegen trank nicht, fluchte nicht und war immer schwermütig beim Gedanken an seine schlechte Gesundheit. Sie war zu ihm gegangen, um sich über die schlechte Behandlung zu beklagen, und dann zu ihrem Vergnügen dort geblieben. Der junge Bursche war genau, wie sie ihn haben wollte. Er ermahnte sie: »Komm abends.« – »Komm heimlich.« – »Paß auf, daß er nichts merkt!« Wie ein kleiner Junge, der Angst vor seinem Schatten hat. Und deshalb konnte sie es Bobbia nie verzeihen, daß er kam, um Krach zu schlagen. Schließlich, was war denn schon gewesen! Ihr eigener Vater hatte nicht solch ein Geschrei gemacht, als sie von zu Hause weggelaufen war. Dabei war das viel schlimmer gewesen! Und dann wegen Crescioni, der doch fast noch ein Junge war! »Hört nur!« endete ihr Ausbruch bei Sor Gostino, »wenn er auf Euch eifersüchtig gewesen wäre, oder auf einen anderen Mordskerl, dann wäre es ja noch zu verstehen! Aber auf Crescioni! ... Ach geh! Das war alles ein Schurkenstreich von Bobbia, um einen Vorwand zu finden, mich sitzen zu lassen.«

Sor Gostino rieb sich die Hände. Nicht etwa, daß er gewisse Ideen im Sinn hatte! ... Und dann immer mit diesem Klotz von seiner Frau über sich, am Fenster des Hauswirts! ... Deshalb hatte er sich angewöhnt, von oben bis unten die Treppe zu fegen, um nicht aufzufallen.

»Sagt, streitet Ihr gar nicht mehr mit Eurem Mann? Ihr kommt schon seit einiger Zeit nicht mehr im Unterrock zu mir.« Er lehnte den Besen an den Türpfosten und rieb sich noch einmal die Hände.

»Nein! Lassen Sie die Hände, wo sie sind! Die Zeit der Dummheiten ist nun vorbei!«

»Das sind keine Dummheiten, Sora Carlotta! Ich wirke wie ein Samson, werdet ihr sagen. Aber das ist nicht wahr! Im Herzen bin ich ein Junge geblieben. Und immer unglücklich, ja. Sogar meine Frau habe ich seit acht Tagen nicht gesehen, da der Hauswirt das Bett hüten muß. Und auch Ihnen, arme Sora Carlotta, steht es ins Gesicht geschrieben; Ihr Mann läßt Sie allein, um sich wer weiß wo herumzutreiben! Oder denken Sie immer noch an den Bobbia?«

»An dem liegt mir gar nichts. Und außerdem ist es überhaupt nicht wahr.«

Sor Gostino sah zu, wenn sie das Kind an der Brust hatte, und kratzte sich den Bart. »Es liegt Ihnen nichts an ihm? ... Sagen Sie bloß ... Und das Mädchen, von dem er sagt, es ist von ihm?«

Carlotta zuckte mit den Achseln. Sor Gostino fing an zu lachen, nahm den Besen wieder in die Hand und schaukelte noch ein wenig hin und her, bevor er sich zum Gehen entschied; oder er beugte sich herunter, um mit dem Mädchen zu scherzen und es mit seinen schmutzigen Händen an der Brust der Mutter zu streicheln.

»Nun mal ehrlich, sie ähnelt keinem von beiden.«

Crescioni war eifersüchtig auf das Kind, das blond und rosig gedieh. »Wenn ich den Bobbia noch einmal um dich herumscharwenzeln sehe, dann wirst du enden wie die zersägte Frau.«

Und er wurde so böse, daß es kaum zu glauben war mit seinem biederen, schwindsüchtigen Gesicht. Nicht daß er wegen Carlotta eifersüchtig war, er hatte sie ja nun immer um sich, schlampig und ungekämmt, mit dem Kind an der Brust. Im übrigen lag ihm nichts mehr an der Liebe. Er war krank und hatte anderes im Sinn. Aber schließlich hatte er sie ja geheiratet! Und dabei Geld und Gesundheit verausgabt. Der Prinzipal kürzte ihm den Lohn um ein Drittel, jetzt wo er nicht mehr in Form war wie früher. Und er wußte, wozu Carlotta fähig war, wenn er nicht in Form war und kein Geld hatte: sogar dazu, das Mädchen zu verderben, wenn es soweit war. Die Krankheit hatte ihm den Kopf verwirrt, und er sah schon das Mädchen vor sich, wie es größer wurde und sich von diesem und jenem küssen ließ wie die Mutter. Deshalb fing er an, mit der Frau zu streiten, wenn sie das Mädchen streichelte, als wäre es ihr

Eigentum. Und auch Sor Gostino, der immer so einfältig dreinschaute ... Kurz und gut, er wollte ihn nicht mehr in seinem Hause sehen. »Du lieber Himmel! Der arme Teufel!« rief Carlotta aus. Aber er ging, starrsinnig wie er war, sonntags nicht mehr aus dem Haus, um am Fenster Wache zu halten, ob er den Besen auf der Treppe hörte, die Nase im Schal und die Hände in der Tasche, ohne ein Wort zu sagen. Und immer wenn er hustete, warf er seiner Frau böse Blicke zu, und wenn das Kind schrie, war die Hölle los.

»Rühr mir mein Kind nicht an, zum Teufel! ... Hör lieber auf, ihr deine Tätscheleien beizubringen!«

Der ganze Ärger ruinierte seine Gesundheit, so sagte er. Nach und nach hatte auch der Prinzipal es über, und Crescioni rührte sich nicht mehr aus dem Bett. Seine Frau verpfändete in den vierzig Tagen sogar die Bettwäsche. Er murrte, daß er ihretwegen so weit heruntergekommen war. Ins Krankenhaus wollte er aber nicht gehen, denn wenn er fort war, konnte wer weiß was geschehen! Bis zum letzten weigerte er sich! Wenn sie kurz hinausging, um Einkäufe zu machen oder um Wasser zu schöpfen: »Woher kommst du so erhitzt? Ich habe dir doch gesagt, du sollst dich mit meiner Tochter nicht herumtreiben!« Der Husten erstickte ihn unter der Decke. Als sie ihn schließlich ins Krankenhaus brachten, warf er seiner Frau vor, ihn hintergangen zu haben – wie Judas es mit Christus getan hatte –, um sich in aller Freiheit zu vergnügen. »Siehst du denn nicht, in welchem Zustand ich bin?« verteidigte sie sich. »Siehst du nicht, daß ich nicht einmal mehr Milch für das Kind habe?«

»Dann komm mich wenigstens mit der Kleinen besuchen!«

Sie ging tatsächlich oft zu ihm. Aber auch das waren bittere Brocken. Das Kind hatte Angst vor dem Vater, wenn es ihn so sah, mit der Bettmütze, zwischen den vielen neuen Gesichtern. Er machte sich Luft und jammerte über alle Ärgerlichkeiten der Woche.

»Welch ein elendes Hundeleben!« beklagte sich Carlotta bei Sor Gostino. »Von morgens bis abends plage ich mich ab, und sonntags dann dieses Vergnügen!«

Sor Gostino begleitete sie gnädigst und kaufte ihr kleine Geschenke, die sie dem Kranken mitbringen konnte. Was sollte man denn machen? Man mußte Geduld haben, solange er noch am Leben war.

Der Arme war zäh, und sein Leiden nahm einfach kein Ende. Carlotta war schneller erschöpft als er, vom ewigen Kommen und Gehen, und er immer derselbe, mit der weißen Bettmütze auf dem Kissen. Sie blieb höchstens zwei Minuten, nur um zu sehen, wie weit er war, und um ihm eine Kleinigkeit zu bringen, ohne ihm zu sagen, daß der Pförtner es ihr geschenkt hatte. Aber er las es auf ihrem Gesicht, sah mißtrauisch auf ihre Hände, zog sich wortlos die Decke bis zur Nase hoch, warf ihr fiebrige, böse Blicke zu und fragte: »Hast du den Bobbia gesehen? Hat der Pförtner etwas zu dir gesagt?«

Man merkte, daß es ihm schwer im Magen lag; aber er sagte nichts, weil er ans Bett gefesselt war, und wenn Carlotta nicht mehr käme, bliebe er mutterseelenallein. Oft machte er Pläne für die Zeit, wenn er wieder gesund wäre. – Wir werden dieses machen. Wir werden jenes tun. – Aber sie schwieg und sah weg. Dann sagte er: »Wenn ich gesund bin, werde ich jemanden umbringen, glaub mir!« Und das Kind klammerte sich an den Hals der Mutter und kreischte vor Angst.

Er ahnte es, der Arme. Sor Gostino war den ganzen Tag auf der Treppe, mit dem Besen in der Hand, immer rauf und runter. Wirklich, im Herzen war er noch ein Junge! Es machte ihm Spaß, mit ihr zu plaudern oder das Feuer im Herd anzumachen oder ihr die Nähmaschine anzutreiben – immer rundherum; gleichzeitig behielt er durch das Fenster die Haustür im Auge, hinter der Gardine, und wenn es dunkel zu werden begann und er ihren Kopf über die Maschine gebeugt sah, spürte er den gleichen Aufruhr in sich. Es genügte ihm, daß sie sagte: »Danke, Sor Gostino.«

»Ich mache es nicht deshalb, Sora Carlotta. Ich bin ein Ehrenmann und mache die Dinge ohne Hintergedanken.« Wer hatte ihr Nähaufträge verschafft? Wer besorgte ihr bei Bedarf die Leihmaschine? Wer sprach mit dem Hauswirt, wenn sie mit der Miete im Rückstand war?

Sora Bettina war wütend wegen dieser Gefälligkeiten. Noch ein bißchen weiter so, und das Haus wurde zu einer öffentlichen Einrichtung! Und sie legte sich auch mit dem Hauswirt an, dem das alles ganz gelegen kam, um sich den Ehemann vom Hals zu halten. Alles ihretwegen!

Sor Gostino gab keine Ruhe. Was ging sie das an? Carlotta dagegen beklagte sich: »Lieber Gott! Wie schlecht ist die Welt, daß sie das Schlechte denkt, das weder Ihr noch ich tun!«

Sor Gostino wußte nichts darauf zu sagen und überlegte, was er tun könnte, um nicht als Trottel dazustehen, oder sollte er die Hand aufs Herz legen: »Ich bin ein Ehrenmann, ich habe es Euch schon gesagt, ich habe Euch gern, aber ich bin ein Ehrenmann!«

Doch er wollte nicht, daß Bobbia wiederkam und wie eine Schmeißfliege durch die Gegend strich. Er hatte ihn schon ermahnt: »Jetzt ist es, als wäre die Arme Witwe.«

Ja eben! Bobbia hatte ein Recht auf sie, weil er ihre alte Liebe war! Der Pförtner benahm sich wie der Hund des

Gemüsehändlers, faßte nichts an und ließ nichts anfassen, aus Neid und aus Eifersucht. Aber wenn er sie jetzt hatte, wollte auch Bobbia sie haben, der doch der erste gewesen war. Es war ganz klar: Sor Gostino hatte sie immer im Haus, zu seiner Verfügung. Bobbia mußte zehnmal auf sie warten, bevor er sie einen Augenblick herauskommen sah.

»Hör mal! Wenn du heute nicht auf der Stelle mit mir kommst, bringe ich euch alle um, dich und deinen Liebhaber.«

Der Armen schlug das Herz bis zum Hals, als sie ihn sah, und sie beschleunigte ihren Schritt, leichenblaß. Er holte sie in der Via Ciossetto ein, wutentbrannt, und packte sie am Arm.

»Um Himmels willen! Tut mir nicht weh! Welcher Liebhaber? Ich schwöre es dir! Ich habe keinen!«

»Um so besser. Wenn du keinen hast, warum kommst du dann nicht mit?«

Und sie ging aus lauter Angst mit ihm. Da geriet Bobbia, kaum daß er dessen gewahr wurde, in Wut: »Du hast ihn immer noch lieb, deinen Ehemann, was!«

»Oh, den armen Teufel ...!«

»Also ist Sor Gostino dein Liebhaber!«

»Nein, er ist nicht mein Liebhaber.«

»Aber du hast ihn gern, sag es!«

Sie zitterte und flehte: »Bin ich nicht mitgekommen? Hab' ich nicht getan, was du gesagt hast? Was willst du noch?«

Er wollte ... wollte ... Und zuallererst wollte er sie mit Fußtritten aus dem Haus jagen, das wollte er! Dann würde er die Rechnung mit Sor Gostino begleichen, unter vier Augen, und nicht aus Eifersucht wegen der Carlotta, wirklich nicht ... das war doch jetzt vorbei und vergessen!

Aber Sor Gostino war ein weicher Junge nur bei den

Frauen. Beim ersten Fausthieb schlug er ihn halbblind, warf ihn zu Boden, unten im Hof, wie Weintrauben zum Zerstampfen. Sora Bettina kippte von oben Wasser, Schweinereien und Schimpfwörter herunter, und der Hauswirt kreischte von hinten: »Heda, Gostino! Gostino!«

Carlotta wurde auf der Stelle hinausgeworfen und mußte die Wohnung innerhalb einer Woche räumen. Sora Bettina, der Hauswirt und auch Sor Gostino wollten endlich ein bißchen Ruhe.

Bobbia sagte mit zerschlagener Fresse: »Es liegt mir gar nichts an ihr. Aber ich lasse mich nicht an der Nase herumführen!«

Carlotta ging schließlich ins Krankenhaus, um zu sehen, was mit ihrem Mann los war, der einfach nicht sterben wollte. Er lag immer noch im gleichen Bett, mit aufgerissenen Augen und immer erschöpfter; er klagte nicht mehr und lag bewegungslos mit fahlem Gesicht da. Seine gespenstischen Augen durchdrangen sie wie Nägel; und seine Stimme schien aus dem Grabe zu kommen: »Wo bist du die ganze Zeit gewesen? Sag, was hast du gemacht?«

»Malerba?«

»Hier!«

»Da fehlt ein Knopf, wo ist der?«

»Das weiß ich nicht, Herr Gefreiter.«

»Ausgangssperre!«

So ging es immer: Der Mantel hing herunter wie ein Sack, die Handschuhe störten ihn, er wußte nicht, wohin mit den Händen, und was er auf dem Exerzierplatz lernen sollte, wollte in seinen Schädel einfach nicht hinein. Und unzivilisiert war er noch dazu! Von all den schönen Städten, in denen er stationiert war, sah er sich weder Straßen noch Paläste noch die Jahrmärkte an, nicht einmal die Buden oder die Holzkarusselle. Wenn sie Ausgang hatten, spazierte er mit schlenkernden Armen über die Wege vor den Toren der Stadt oder sah den Frauen zu, die in der Hocke auf der Piazza Castello Gras jäteten; oder er pflanzte sich vor dem Kastanienkarren auf, ohne jedoch jemals einen Heller auszugeben. Die Kameraden amüsierten sich auf seine Kosten. Gallorini zeichnete mit Kohle sein Konterfei an die Wand, mit seinem Namen darunter. Er ließ sie gewähren. Doch wenn sie ihm aus Spaß die Stummel stahlen, die er im Gewehrlauf versteckt hielt, dann wurde er fuchsteufelswild, und einmal kam er ins Gefängnis, weil er den aus Lucca mit der Faust halb blind geschlagen hatte – den blauen Fleck konnte man immer noch sehen –, doch er sagte nur immer wieder halsstarrig wie ein Maulesel: »Das ist nicht wahr.«

»Ach, wer hat denn dann dem aus Lucca den Kinnhaken verpaßt?«

»Weiß ich nicht.« Dann saß er auf der Pritsche, das Kinn

in die Hände gestützt. »Wenn ich nur erst wieder nach Hause komme!« Sonst sagte er nichts.

»Los, jetzt erzähl doch mal! Hast du eine Liebste in deinem Dorf?« fragte Gallorini. Er starrte ihn argwöhnisch an und wiegte den Kopf. Ja und nein. Darauf blickte er in die Ferne. Tag für Tag machte er mit einem Bleistiftstummel einen Strich in einen kleinen Kalender, den er in der Tasche trug.

Gallorini aber hatte eine Liebste. Ein Riesenweib mit Schnurrbart, sie waren an einem Sonntag zusammen in einem Café bei einem Glas Bier gesehen worden, und sie hatte bezahlen wollen. Der aus Lucca hatte es bemerkt, als er dort mit Gegia herumschlenderte, die ihn nie etwas kostete. Er fand überall eine Gegia, mit seinem charmanten Geplauder; und damit sie es ihm nicht übelnahmen, wenn er sie alle über einen Kamm scherte, sogar mit den Namen, sagte er, das sei in seiner Heimat so üblich, wenn man eine gern habe, einerlei, ob sie Teresa, Assunta oder Bersabea heiße.

Zu jener Zeit ging das Gerücht um, es werde Krieg gegen die Deutschen geben. Ein Kommen und Gehen von Soldaten, eine Menschenmenge auf den Straßen und Leute, die zum Zuschauen auf den Exerzierplatz kamen. Wenn das Regiment an den Musikkapellen und den klatschenden Menschen vorbeizog, marschierte der aus Lucca so keck, als gelte der ganze Jubel nur ihm, und Gallorini grüßte unaufhörlich Freunde und Bekannte, mit winkendem Arm; er wolle tot oder als Offizier zurückkommen, sagte er. »Freust du dich nicht, daß du in den Krieg ziehst?« fragte er Malerba, als sie auf dem Bahnhof die Gewehre stapelten.

Malerba zuckte mit den Achseln und betrachtete weiter die Leute, die lärmten und »Hoch sollen sie leben!« riefen.

Der aus Lucca entdeckte auch Gegia in der Menge, die neugierig von weitem zusah und einen Kerl im Arbeitskittel, der Pfeife rauchte, bei sich hatte. »Das nenn' ich vorsorgen!« murrte der aus Lucca, der sich nicht aus der Reihe entfernen durfte, und fragte Gallorini, ob die Seine sich bei den Grenadieren gemeldet habe, um ihn nicht zu verlassen.

Überall, wo sie ankamen, wurden sie jubelnd begrüßt. Fahnen, Lichterketten, und die Bauern liefen auf die Bahndämme, um den Zug voller Käppis und Gewehre vorbeifahren zu sehen. Doch am Abend, in der Stunde des Zapfenstreichs, bekamen sie dann manchmal Heimweh nach der Gegia, den Freunden und all den Dingen, die nun fern waren. Kaum kam die Post ins Lager, liefen alle zusammen und streckten die Hände aus. Nur Malerba stand etwas dämlich abseits, wie einer, der nichts erwartet. Er machte immer seinen Strich in den Kalender, Tag für Tag. Dann hörte er von weitem der Kapelle zu und dachte an wer weiß was.

Eines Abends schließlich gab es großen Aufruhr im Lager. Offiziere kamen und gingen, die Transportwagen fuhren zum Fluß hinunter. Zwei Stunden nach Mitternacht wurde zum Wecken geblasen; sogleich war Essensausgabe, und die Zelte wurden abgebrochen. Dann setzte sich das Regiment in Bewegung.

Der Tag würde heiß werden. Malerba, der sich damit auskannte, merkte es an den Windstößen, die den Staub aufwirbelten. Dann regnete es in wenigen großen Tropfen. Sowie der Regenguß von einem Moment auf den anderen aufhörte und auch das Rascheln der Maisfelder, begannen die Grillen, laut in den Feldern links und rechts von der Landstraße zu zirpen. Der aus Lucca marschierte hinter Malerba und trieb seinen Spaß mit ihm: »Hoch die Hachsen, Kamerad! Was hast du denn, daß du gar nichts sagst? Denkst du etwa an dein Testament?«

Malerba rückte sich mit einer Bewegung der Schulter den Tornister zurecht und brummelte: »Scher dich fort!«

»Laß ihn in Frieden«, mischte sich Gallorini ein. »Er denkt an seine Liebste, die sich einen anderen nimmt, wenn die Deutschen ihn umbringen.«

»Scher du dich auch fort!« antwortete Malerba.

Plötzlich hörte man mitten in der Nacht den Trab eines Pferdes und das Klirren eines Säbels zwischen den Reihen des Regiments, das auf beiden Straßenseiten marschierte.

»Gute Reise!« sagte da der aus Lucca, er war der Possenreißer der Kompanie. »Und viele Grüße an die Deutschen, wenn Sie welche treffen.«

Rechts schimmerten in einer großen, dunklen Fläche weiß einige Gebäude. Und der Wachhund kläffte wütend und lief an der Hecke neben ihnen her.

»Das ist ein deutscher Hund«, stellte Gallorini fest, der auch einen Witz machen wollte wie der aus Lucca. »Hörst du es nicht am Bellen?«

Es war noch tiefe Nacht. Links stieg über einer schwarzen Wolke, die ein Hügel sein mußte, ein leuchtender Stern auf.

»Wie spät mag es sein?« fragte Gallorini. Malerba streckte die Nase in die Luft und antwortete sogleich: »Es dauert noch mindestens eine Stunde bis Sonnenaufgang!«

»Was für eine Idee!« murrte der aus Lucca. »Uns so früh aufstehen zu lassen, für nichts und wieder nichts.«

»Halt!« befahl eine brüske Stimme.

Das Regiment stapfte noch ein wenig weiter, wie eine Schafherde, die sich sammelt.

»Auf wen warten wir denn?« brummte der aus Lucca nach einer Weile. Es kam wieder eine Gruppe von Reitern vorbei. Dieses Mal konnte man in der nun durchbrechenden Morgendämmerung die Wimpel der Lanzenreiter flattern sehen, und vorneweg einen General mit seiner über und über betreßten Mütze, die Hände in den Taschen seiner Spenzer-Weste. Die Straße begann weißlich zu schimmern, schnurgerade zwischen den noch dunklen Feldern. Die Hügel tauchten nacheinander aus der ungewissen Dämmerung auf; und in der Ferne sah man ein Feuer brennen, vielleicht waren es Holzfäller oder Bauern auf der Flucht vor dieser Soldatenflut. Die Vögel wurden durch das Gemurmel geweckt und zwitscherten schon auf den Zweigen der Maulbeerbäume, die sich in der Dämmerung abhoben.

Kurz darauf, während es langsam heller wurde, war links ein dumpfes Gebrumme zu hören, dort wo der Horizont mit seinem gold- und rosafarbenen Schimmer allmählich breiter wurde; es klang wie Donner und war etwas unheimlich bei dem wolkenlosen Himmel. Vielleicht war es das Rauschen des Flusses oder der Krach der marschierenden Artillerie. Plötzlich ging es durch die Reihen: »Eine Kanone!«, und alle drehten sich um und blickten zum goldfarbenen Horizont.

»Ich bin müde!« murrte Gallorini.

»Jetzt müßten sie allmählich Befehl zum Halten geben«, pflichtete ihm der aus Lucca bei.

Das Geschwätz erstarb, je weiter die Soldaten in die Hitze des Tages vordrangen, zwischen Streifen aus brauner Erde und grüner Saat, zwischen blühenden Weinstökken an den Hängen und schnurgeraden Maulbeerbaumreihen, so weit das Auge reichte. Hier und da standen Bauernhäuser und verlassene Hütten. Als sie zu einem Brunnen gingen, um einen Schluck Wasser zu trinken, sahen sie neben der Haustür einer Bauernkate Werkzeug herumliegen und eine Katze, die die Schnauze aus den kaputten Türflügeln herausstreckte und miaute.

»Sieh mal!« bemerkte Malerba. »Die Armen, ihr Weizen ist schon reif!«

»Wetten, daß du von dem Brot nichts mehr ißt?« sagte der aus Lucca.

»Sei still, du bringst Unglück!« antwortete Malerba. »Ich habe das Skapulier der Madonna.« Er kreuzte beschwörend die Finger.

Unterdessen donnerte es auch von links, von der Ebene her. Zuerst vereinzelte Böllerschüsse, die vom Berg widerhallten. Dann ein Geknatter wie bei einem Feuerwerk, als wäre ein Fest im Dorf. Über dem grünen Berggipfel ragte der Glockenturm ganz ruhig in den blauen Himmel.

»Nein, das ist nicht der Fluß«, sagte Gallorini.

»Auch nicht die vorüberfahrenden Karren.«

»Hört! Hört!« rief Gallorini. »Dort unten hat das Fest begonnen.«

»Halt!« kam wieder der Befehl. Der aus Lucca horchte mit hochgezogenen Augenbrauen und sagte nichts mehr. Malerba hatte neben sich einen Meilenstein und setzte sich darauf, mit dem Gewehr zwischen den Beinen.

Das Kanonenfeuer mußte in der Ebene sein. Man sah bei jedem Schuß den Rauch, kleine, dichte Wolken, die sich nur wenig über die Maulbeerbäume erhoben und dann langsam wieder verflogen. Die Wiesen fielen friedlich zur Ebene hin ab, und die Wachteln sangen in den Akkerfurchen.

Der Oberst, hoch zu Roß, sprach mit einer Gruppe Offiziere an der Böschung und sah hin und wieder mit dem Feldstecher in die Ebene hinunter. Kaum setzte er sich wieder in Trab, bliesen die Trompeten des Regiments alle zusammen: vorwärts marsch!

Rechts und links lagen die nackten Äcker. Hin und wieder ein Maisfeld. Dann Weinberge, Wasserläufe und schließlich Sträucher. Die ersten Häuser eines Dorfes tauchten auf; die Straße war voller Karren und Wagen. Ein betäubendes Geschrei und großes Durcheinander.

Im Galopp ritt ein Kavallerist herbei, ganz weiß vom Staub. Sein Pferd, ein plumper Rappe mit langer Mähne, hatte gerötete, dampfende Nasenlöcher. Da kam ein Stabsoffzier, brüllte wie besessen, daß die Straße geräumt werden solle, und schlug dabei links und rechts mit dem Säbel auf die armen dörflichen Maulesel ein. Zwischen den Ulmen am Hang sah man mit wehenden Federn schwarze Gebirgsjäger passieren.

Jetzt waren sie auf einem schmalen Weg, der nach rechts führte. Die Soldaten stürmten mitten durch die Aussaat, so daß Malerba das Herz blutete. Am Hang eines Hügels tauchte eine Gruppe berittener Offiziere auf, im Geleit von Lanzenträgern und hinter sich die Spitzhauben der Carabinieri. Drei oder vier Schritte vor sich sahen sie, hoch zu Roß und eine Hand in die Hüfte gestemmt, irgendein hohes Tier: Die Generäle antworteten ihm mit der Hand am Mützenschirm, und die vorbeireitenden Offiziere salutierten mit dem Säbel.

»Wer ist denn das?« fragte Malerba.

»Vittorio«, antwortete der aus Lucca, »hast du ihn denn noch nie auf den Münzen gesehen, du Trottel?«

Die Soldaten drehten sich nach ihm um, solange er noch zu sehen war. Danach murmelte Malerba vor sich hin: »Das ist also der König ...«

Weiter vorn befand sich ein ausgetrockneter Sturzbach. Auf dem anderen, von Buschwerk überwucherten Ufer ging es steil den Berg hinauf, auf dem einzelne gestutzte Ulmen standen. Das Kanonenfeuer war nicht mehr zu hören. Eine Amsel hatte an diesem friedlichen, hellen Morgen zu singen begonnen.

Plötzlich brach der Orkan los. Der Hügel, der Glokkenturm, alles war von Rauch umgeben. Zweige knackten, Staub erhob sich hier und dort von der Erde, bei jeder Kanonenkugel. Eine Granate riß ein Häufchen Soldaten mit sich. Oben auf dem Hügel war hin und wieder ein ungeheures Geschrei zu hören, das klang wie Hurrarufe.

»Heilige Madonna!« stammelte der aus Lucca. Die Feldwebel befahlen, die Tornister abzusetzen. Malerba gehorchte schweren Herzens, denn er hatte zwei neue Hemden und alle seine Sachen darin.

»Schnell, schnell!« riefen die Feldwebel. Über einen Schotterweg wurden im Galopp einige Artilleriegeschütze herbeigeschafft: ein Getöse wie bei einem Erdbeben; die Offiziere voran, die Soldaten über die struppige Mähne der dampfenden Pferde gebeugt, die sie auf Teufel komm raus mit der Peitsche antrieben; die Kanoniere klammerten sich an Naben und Räder und schoben sie bergauf.

Mitten in dem tosenden Krachen der Kanonenschläge sah man ein verwundetes Pferd stürzen, das mit hängendem Halfter, wiehernd, durch die Weinreben brach und verzweifelt ausschlagend über den Hang stob. Weiter unten Scharen von zerschundenen, blutenden, mit den Armen fuchtelnden Soldaten ohne Käppi. Schließlich ganze Trupps, die Schritt für Schritt zurückwichen, wobei sie immer wieder zwischen den Bäumen innehielten, um vereinzelt Feuer zu geben. Trompeten und Trommeln riefen zum Angriff. Das Regiment stürmte im Laufschritt den Hang hinauf, wie ein Sturzbach aus Männern.

Der aus Lucca hatte eine Vorahnung: »Was für eine Eile für das, was uns dort oben erwartet!«

Gallorini schrie: »Es lebe Savoyen!« Und zu Malerba, der einen schleppenden Schritt hatte: »Hoch mit den Hachsen, Kamerad!«

»Scher dich fort!« sagte Malerba noch einmal.

Kaum waren sie auf dem Gipfel, auf einem steinübersäten Feld, hatten sie die Deutschen vor sich, die in geschlossener Reihe vorrückten. Ein langer Lichtschein lief über jene wimmelnden Massen; die Gewehrschüsse knatterten von einem Ende zum anderen. In dem Augenblick fiel ein junger Offizier, der frisch von der Schule kam, mit dem Säbel in der Hand. Der aus Lucca zappelte mit ausgebreiteten Armen, als stolpere er, und fiel ebenfalls. Aber danach war nichts mehr zu erkennen. Die Männer kämpften Brust an Brust, mit Blut in den Augen.

»Savoyen! Es lebe Savoyen!«

Schließlich hatten die Deutschen genug und begannen Schritt für Schritt den Rückzug. Die Graumäntel verfolgten sie scharenweise. Malerba bekam beim Rennen etwas wie einen Steinwurf ab und mußte humpeln. Dann bemerkte er, daß ihm Blut die Hosenbeine hinunterlief. Da stürzte er sich mit gesenktem Kopf wie ein wildgewordener Stier vorwärts und teilte Bajonettstiche aus. Er sah einen großen, blonden Teufel vor sich, der mit erhobenem Säbel auf ihn losging, und Gallorini, der ihm die Gewehrmündung in den Rücken setzte.

Die Trompeten bliesen zum Sammeln. Nun lief alles, was vom Regiment noch übrig war, in Scharen und kleinen Gruppen auf das Dorf zu, das da im Grünen in der Sonne lachte. Doch bei den ersten Häusern schon sah man, welch ein Gemetzel es dort gegeben hatte. Kanonen, Pferde, verletzte Gebirgsjäger, alles drunter und drüber. Die Türen waren aufgebrochen, die Fensterläden hingen wie Lappen in der Sonne. In einem Hof lag ein Haufen Verwundeter auf dem Boden und ein noch mit Holz beladener Karren mit den Deichseln in der Luft.

»Und der aus Lucca?« fragte Gallorini atemlos.

Malerba hatte ihn fallen sehen. Dennoch drehte er sich instinktiv zum Berg um, auf dem es von Männern und Pferden wimmelte. Die Waffen funkelten in der Sonne. Auf dem Platz sah man einige Offiziere zu Fuß, die mit dem Feldstecher in die Ferne schauten. Eine Kompanie nach der anderen kam den Hang herunter, funkelnde Blitze liefen durch die Reihen.

Es war vielleicht zehn Uhr – zehn Uhr im Juni in der prallen Sonne. Ein Offizier hatte sich wie ein Verdurstender auf das Wasser gestürzt, in dem die Kanonenbürsten gewaschen wurden. Gallorini lag bäuchlings an der Friedhofsmauer, mit dem Gesicht im Gras, dort kam wenigstens etwas Kühle aus den Gräbern und dem dichten Gras. Malerba saß auf dem Boden und versuchte, so gut er konnte, sein Bein mit einem Taschentuch zu verbinden. Er dachte an den aus Lucca, den Armen, der auf der Strecke geblieben war, mit dem Bauch nach oben.

»Sie kommen zurück, sie kommen zurück!« hörte man schreien. Die Trompete rief zu den Waffen. Ach! Jetzt hatte Gallorini aber wirklich die Nase voll! Nicht einmal einen Augenblick Ruhe! Er stand auf wie ein wildes Tier, ganz zerschunden, und griff zum Gewehr. Bei den ersten Häusern des Dorfes ging die Kompanie eilig in Stellung, hinter den Mauern, an den Fenstern. Auf der Straße rissen zwei Kanonengeschütze ihren schwarzen Schlund auf. Man sah die Deutschen in geschlossener Reihe ankommen, ein Bataillon nach dem anderen, es wollte kein Ende nehmen.

Da erwischte es Gallorini. Eine Kugel zerriß ihm den Arm. Malerba wollte ihm helfen. »Was hast du?«

»Nichts, kümmere dich nicht um mich.«

Auch der Leutnant machte bei der Schießerei mit wie ein einfacher Soldat und brauchte Hilfe. Malerba sagte bei jedem Schuß: »Laßt mich nur machen, das ist mein Metier!« Die Deutschen verschwanden wieder. Dann wurde der Rückzug befohlen. Das Regiment konnte nicht mehr. Ein Glück für Gallorini und den aus Lucca, daß sie nun Ruhe hatten. Gallorini saß an die Mauer gelehnt auf dem Boden und wollte sich nicht mehr bewegen. Es war ungefähr vier Uhr, über acht Stunden waren sie jetzt in dieser Hitze mit vom Staub ausgedörrtem Mund. Aber Malerba war nun auf den Geschmack gekommen und fragte: »Und was machen wir jetzt?« Doch niemand beachtete ihn. Sie gingen zum Bach hinunter, immer noch begleitet von der Musik des Kanonenfeuers auf dem Berg. Da sahen sie von weitem das Dorf, in dem es von Uniformen aus schwerem Tuch wimmelte. Sie begriffen gar nichts mehr, weder wohin sie gingen, noch was passierte. An einer Biegung des Weges stießen sie auf die Hecke, hinter der der aus Lucca gefallen war. Und auch Gallorini war nicht mehr da. Sie gingen alle völlig ungeordnet zurück, neue Gesichter, die sie nicht kannten, Grenadiere und Infanteristen von der vordersten Linie, humpelnde, zerschundene Offiziere mit schleppendem Schritt, das schwer lastende Gewehr auf dem Rücken.

Ein ruhiger Abend brach ringsum herein, in großer Stille. Überall traf man auf Karren, Kanonen und Soldaten, die durch die Dunkelheit gingen, ohne Trompeten und Trommeln. Als sie auf der anderen Seite des Flusses waren, erfuhren sie, daß sie die Schlacht verloren hatten.

»Wieso denn das?« sagte Malerba. »Wieso denn?« Das wollte ihm nicht in den Kopf.

Als die Militärzeit schließlich zu Ende war, kehrte er in sein Dorf zurück; seine Marta hatte inzwischen schon geheiratet, sie war des Wartens müde geworden. Auch er hatte keine Zeit zu verlieren und nahm eine Witwe, die mit etwas Wohlstand gesegnet war. Einige Zeit später kam Gallorini als Eisenbahnarbeiter in die Gegend, auch er mit Frau und Kindern.

»Na so was, Malerba! Du hier? Ich arbeite im Akkord. Den Beruf hab' ich im Ausland gelernt, in Ungarn, als ich in Gefangenschaft gekommen bin, erinnerst du dich? Meine Frau hat etwas Kapital beigesteuert ... Die Welt ist voller Schurken, was? Dachtest du, ich wäre reich geworden? Dabei haben wir unsere Pflicht getan. Aber in der Kutsche fahren trotzdem die anderen. Man müßte einmal gründlich aufräumen und von vorne anfangen.« Vor den Arbeitern hielt er die gleichen Predigten, sonntags im Wirtshaus. Die Armen hörten zu, nickten mit dem Kopf, schlürften den herben Wein und ruhten ihren Rücken in der Sonne aus, wie die Tiere und wie Malerba, der nichts anderes kannte als säen, ernten und Kinder machen. Er bewegte diplomatisch seinen Kopf, wenn sein Kamerad sprach, machte aber den Mund nicht auf. Gallorini dagegen war in der Welt herumgekommen; er kannte sich in allem aus, wußte, was Recht und Unrecht war; vor allem das Unrecht, das sie ihm taten, indem sie ihn zwangen, sich abzuschinden, von einem Ort zum andern zu ziehen, um zu arbeiten, die Frau und eine Horde Kinder am Hals, während so viele andere in der Kutsche fuhren.

»Du weißt ja nicht, wie es zugeht auf der Welt! Wenn sie einen Aufmarsch machen und rufen, dieser lebe hoch, nieder mit jenem, dann weißt du nicht, was du sagen sollst. Du hast keine Ahnung, was nötig ist.«

Malerba nickte immer mit dem Kopf. Jetzt war Wasser für die Aussaat nötig. Und im nächsten Winter war ein neues Dach für den Stall nötig.

KREUZWEG

Matilde betrat die Schneiderwerkstatt und hielt Ausschau nach Santina. Sie setzte sich neben sie und sagte leise: »Weißt du schon? Der Poldo heiratet.«

Santina schoß die Röte ins Gesicht; dann wurde sie bleich und beugte den Kopf über ihre Arbeit. Sie sagte kein Wort; sie konnte es nicht glauben; aber ihr Herz füllte sich mit gewissen Vorahnungen, die ihr jetzt wieder vor Augen traten. Nur ihre Lippen zitterten in dem Bemühen, die Tränen zurückzuhalten.

Sowie sie einen Vorwand fand, um hinauszugehen, rannte sie zum Rathaus und konnte es mit eigenen Augen lesen: »Leopoldo Bettoni und Ernestina Mirelli, wohlhabend«. Als sie mit verquollenen Augen in die Werkstatt zurückkehrte, bekam sie den Kopf gewaschen.

Am Abend wollte sie unbedingt mit ihm sprechen. Seit einiger Zeit hatte er ständig gesagt: »Es wird spät heute in der Werkstatt. Wir müssen noch eine Arbeit fertigmachen.«

Renna, der mit ihm zusammen als Vergolder arbeitete, hatte zu lachen angefangen. »Glauben Sie ihm nicht, Sora Santina. Das sind lauter Märchen.«

Als die Mama sah, daß sie völlig verstört wieder hinausging, hielt sie sie am Ärmel fest. »Wohin gehst du? Um diese Zeit!«

Mit starrem Blick sagte sie nur: »Laßt mich gehen ...«

Die Leute, die ihr so spät abends begegneten und sie auf dem Bürgersteig laufen sahen, mit diesem Gesicht, blieben stehen, um sie verstohlen zu betrachten, oder zischelten hinter ihr her. Aber sie sah und hörte nichts. Endlich entdeckte sie Poldo hinten im Caffè delle Cinque Vie, wie er in einer Runde saß und nachdenklich in sein Glas sah. Als er auf die Straße hinaustrat, blickte er sich immerzu um wie ein Dieb. Als hätte er es geahnt. Sie packte ihn am Ellenbogen, während er um die Ecke bog. »Stimmt es, daß du heiratest?«

Poldo schwor nein und bekreuzigte sich dabei. Schließlich sagte er: »Hör doch mal! Ich habe nichts, und du hast auch nichts. Zusammen würden wir ein schönes Malheur ergeben.«

Das hatte er ihr früher nicht gesagt, als er sie verliebt umschwärmte und ihr die verführerischen Worte zuflüsterte, die ihr das Herz in der Brust schmelzen ließen. Mit jenen Worten hatte sie sich nehmen lassen, in dem Zimmer in der Osteria von Gorla, mit den Porträts vom König und von Garibaldi, die sich ihr fest eingeprägt hatten. Nun ging er fort, mit langsamem Schritt und gebeugtem Rükken.

Zu Anfang war ihr, als müßte ihr das Herz in der Brust zerspringen. Dann fand sie sich allmählich ab. Matilde sagte zu ihr: »Sei nicht albern, du wirst andere finden, keine Angst.« Die Freundinnen schwätzten und lachten den ganzen Tag und machten samstags Pläne für den Feiertag. Durch das Fenster war auf den roten Dächern und den Balkonen voller Blumen die Frühlingssonne zu sehen. Da schwollen ihr Poldos süße Worte wieder mit Tränen erfüllt im Herzen. Für sie brach der Sonntag traurig an, in jener Schwermut der Via Armorari, und sie grübelte und grübelte, die Ellenbogen auf die Fensterbank gestützt, und sah auf all die geschlossenen Werkstätten.

Renna stand im oberen Stock am Fenster, um Santina zu sehen, die mit gesenktem Kopf hinaussah und den weißen Nacken entblößte. Auch er ging nicht aus. Dann warf er Steinchen auf sie. Sie drehte sich um, mit dem Gesicht nach oben, und lachte. Das war ihr einziges Lachen. Eines Abends bei Vollmond, als der Gesang von der Straße bis zu ihr vordrang, kam Renna ein Stockwerk herunter, und Santina ging auf die Treppe hinaus, um Wasser zu holen. Der junge Bursche ergriff ihre Hände, die den Schöpfeimer hielten, und sie ließ sie ihm und neigte das Haupt im Mondlicht, das den Balkon überflutete.

Eigentlich wollte sie nicht, nein; denn nach und nach hatte sie ihn liebgewonnen wie jenen anderen und hatte Angst vor dem, was danach kommen würde. Aber Renna wußte, daß Poldo ihr Liebhaber gewesen war, und hielt es ihr immerzu vor. Da mußte Santina auch ihm zu Willen sein, um ihm zu beweisen, daß sie ihm gut war. Dieses Mal geschah es in Isola Bella, nach einem Mahl das ihr den Kopf schwer wie Blei gemacht hatte. Danach betrachtete sie ganz verzagt die Gärten und Wiesen, die in der untergehenden Sonne blasser wurden, während Renna in Hemdsärmeln am Fenster rauchte.

Und er sagte ihr noch: »Da haben wir ja ein schönes Malheur angerichtet!« Er wußte, daß Beppe, der Bruder des Mädchens, ein empfindlicher Bursche war, einer von denen, die es nicht leiden konnten, wenn auf ihre Kosten gelacht wurde. Das war der Grund, warum er das Verhältnis mit der Geliebten allmählich abkühlte. »Du bist zu unvorsichtig, meine Liebe! Du benimmst dich in einer Weise, daß sogar einem Blinden die Augen aufgehen.« Santina schwieg und verzehrte sich im stillen. Da musterte Renna sie mit einem Blick von Kopf bis Fuß. »Was hast du? Du machst so ein seltsames Gesicht. Das Malheur? ...«

Später bekam sie sogar heraus, daß er nach und nach aus dem Zimmer oben auszog. Sie überraschte ihn auf der Treppe mit einem Koffer auf der Schulter. »Du gehst fort? Läßt du mich sitzen?« Auch er leugnete und bekreuzigte sich dabei wie der andere. Schließlich verlor er die Geduld. »Also gut, was willst du? Du weißt ja selbst, daß ich nicht der erste war …«

Sie wollte sich aus dem Fenster stürzen, wenn sie nur nicht solche Angst davor gehabt hätte. Die Meisterin runzelte die Stirn, kaum daß sie in die Werkstatt kam, niedergeschlagen, mit verschwollenem und ausdruckslosem Gesicht und dunklen Ringen unter den Augen. Sie musterte sie von Kopf bis Fuß wie Renna, mit dem gewissen Blick, der ihr die Schande vom Gesicht ablas. Als sie schließlich sicher war, sich nicht geirrt zu haben, gab sie ihr an einem Samstag abend hinter dem Ladentisch, was ihr zukam – fünf Lire und achtzig Centesimi. Santina war zum Sterben zumute. Doch die Meisterin sagte ihr mit einem bissigen Lächeln: »Jetzt hat es keinen Sinn zu weinen. Das hättest du dir früher überlegen müssen!« Ihre Mutter raufte sich die Haare und stammelte: »Was hast du nur getan? Unglückselige! Wenn das dein Bruder wüßte! …«

Der ging, kaum wurde er der Sache gewahr, und packte Renna am Nacken, in der Via Camminadella. »Ich hau' dir den Schädel ein, du Halunke!« Danach brachte man ihn mit zerschlagenem Kopf nach Hause. »Es ist nichts«, sagte er. »Aber ich will mir die Unehre mit dem Blut dieser Ruchlosen abwaschen! Wenn sie nicht aus dem Haus geht, werde ich sie auch umbringen!«

Die Arme machte sich, so wie sie war, am Weihnachtsabend davon. An dem Tag hatte Beppe zufrieden und nichtsahnend einen Panettone mitgebracht. Die Mama schickte ihr heimlich ein paar Groschen, die sie in dem Bündel mit ihren Habseligkeiten versteckte. Ihre Freundinnen hörten nichts mehr von ihr. Nach drei Monaten tauchte sie plötzlich bei Matilde auf, nur noch Haut und Knochen, auf der Suche nach Arbeit.

»Arbeit? ... Das ist schwierig, weißt du; die Meisterin ...« »Nein! Die nicht!«

»Aber dann ... Ich weiß nicht ... Du Arme, in welchem Zustand du bist! Was wirst du jetzt machen?«

»Ich weiß nicht.«

»Und er, Poldo?«

»Ich weiß nicht.«

»Nur Mut. Du wirst wieder schön werden wie vorher, du wirst schon sehen!«

Santina wußte nichts mehr zu sagen und ging mit gesenktem Haupt davon. Auf der Schwelle rief Matilde sie zurück. »Wohin wirst du gehen?«

»Ich weiß nicht.«

»Hör mal, wenn du dir wieder einen Liebhaber nimmst, paß dieses Mal gut auf, daß es kein Hungerleider ist.«

Doch sie nahm einen schönen jungen Burschen, der reich wie ein Prinz und gut wie der liebe Gott war, so daß es der Armen kaum wahr zu sein schien und sie es einfach nicht glauben wollte, wenn er unter dem Portikus der Piazza Mercanti auf sie wartete, während sie die Näharbeiten in die Via Broletto zurückbrachte, und nicht von ihrer Seite wich. »Du Engel! Goldiges Blondschöpfchen!«

»Nein, o Gott! Lassen Sie mich gehen!«

Eines Abends folgte er ihr bis auf die Treppe zu ihrer Wohnung in der Via del Pesce, verliebt bis über beide Ohren. Er wollte, daß sie ihn auf die Probe stellte, um zu sehen, ob er sie gern hatte. Er gab viel Geld für sie aus, brachte sie dazu, die Hemdenmacherin in der Via Broletto zu verlassen, und mietete ihr eine schöne kleine Wohnung in der Via Manara. Oft führte er sie aus, zu Fossati und aufs Land. Die schönen Spaziergänge im Park von Monza, alles grün und blau, mit den dunklen Schatten der großen Bäume, wo Veilchen und Stiefmütterchen schliefen, und die Sterne, die still über ihren Köpfen aufzogen, auf dem Rückweg in der sanft schaukelnden Kutsche, während er seinen feinen Kopf auf ihren Schoß legte! Sie glaubte zu träumen und versuchte, in seinen Augen zu lesen, was sie tun mußte, um dieses Paradies zu verdienen. Auch er schien seit einiger Zeit zu träumen. Er sah sie nachdenklich an und sagte: »Es ist nichts, achte nicht darauf, ich habe ein wenig Ärger.«

Eines Tages sagte er lachend zu ihr, daß sein Vater wütend auf sie war. Doch es war ein bleiches Lächeln. Später verlor er auch dieses Lächeln noch. Oft kam er spät und war schlechter Laune. Er umarmte sie, wie um ihr zu sagen: »Ich habe dich sehr lieb, weißt du!«

In einem Augenblick der Schwäche vertraute er ihr an, daß er wegen gewisser Wechsel in Sorge war; die Gläubiger wollten nicht mehr warten. Sein wütender Vater beteuerte, daß er ihm keinen Heller mehr geben würde, wenn er nicht sein Leben änderte. Santina senkte traurig den Kopf, mit der Angst im Nacken, ihre Liebe zu verlieren; denn daß er sie heiraten könnte, kam ihr nicht einmal im Traum in den Sinn. Er mußte für zwei oder drei Tage nach Genua, um seine Geschäfte in Ordnung zu bringen. Am Bahnhof hatte er ihr im Augenblick der Abreise auf dem Bahnsteig gesagt: »Sei ganz unbesorgt!«, mit immer noch verliebter Stimme. Er hatte ihr versprochen, ihr jeden Tag zu schreiben. Und jeden Tag ging Santina zur Post, um seine Briefe abzuholen, drei Monate lang. Schließlich kam ein letzter Brief, in dem er schrieb: »Was kann ich tun? Mein Vater will unbedingt, daß ich heirate.« Und er schickte ihr eine Anweisung über tausend Lire. Ein Herr, der gerade vorbeikam, mußte sie am Arm packen, damit sie nicht unter den Omnibus an der Porta Romana geriet.

Jetzt trug sie Hüte mit Federn und Stiefeletten mit hohen Absätzen wie Matilde. Man sah sie in geschlossener Kutsche mit einem Offizier der Kavallerie fahren. Auf dem Maskenball bei Dal Verme gewann sie einen Preis; einmal schickte sie der Mama heimlich fünfzig Lire. Am Statuten-Tag tauchte Poldo auf der Piazza del Duomo neben ihr auf, spähte verstohlen zu ihr hinüber und sagte seiner Frau etwas ins Ohr, einer fetten Matrone, die zu lachen begann und sich den Bauch hielt.

Doch sie hatte noch einige glückliche Tage. Ein ausländischer Herr bezahlte ihr einen Monat lang ein fröhliches Leben mit Kutsche. Dann packte auch er seine Koffer und überließ ihr ein paar tausend Lire, alles in Gold und Flitter, die ein Handlungsreisender verschlang. Ein brustkranker Musiklehrer, der kurz vor dem Verhungern war und sich an das Leben hängte, indem er ihr die Arme um den Hals schlang, versprach ihr, sie zu heiraten. Und sie, auch wenn sie nicht mehr daran glaubte, führte das Leben einer Heiligen während der ganzen Zeit, in der sie bei ihm blieb, in der Mansarde, und sie gab ihr letztes Hemd her, um ihm Medikamente zu kaufen. Einmal hatten sie achtundvierzig Stunden lang nichts zu essen, weder sie noch ihr Liebhaber, und lagen zusammengekauert auf einer Matratze unter der Dachgaube. Schließlich begleitete sie ihn zum Friedhof von Porta Magenta, sie ganz allein, und ihr Herz zog sich zusammen an jenem traurigen Februartag, ganz weiß vom Schnee. Am Abend ging sie in eine Ballettschule, um etwas zu essen zu bekommen.

Dann landete sie auf der Straße und nahm den schmerzlichen Kreuzweg der Galleria und der Via Santa Margherita auf sich, in der traurigen Stunde der Jagd nach dem Mittagessen, zitternd vor Kälte unter dem seidenen Umhang und mit weißgepudertem Gesicht, lächelte allen mit hungrigen Lippen zu und strich mit wiegenden Hüften und geschwollenen Füßen an den Männern vorbei, die sie mit abschätzigem Blick grüßten; ohne Widerwillen, ohne Sympathie, ohne Müdigkeit, ohne Schlaf, ohne Tränen, ohne eine Spur ihrer verlorengegangenen unglückseligen Schönheit. In einer Karnevalsnacht, auf einem rauschenden Fest, wollte Poldo ihr einen Kuß abkaufen, mit dem Geld seiner Frau, und sie gab ihm einen auf den betrunkenen Mund.

Zu dieser Jahreszeit war es noch kalt. Dort oben in ihrem Kämmerlein unter dem Dach gefror das Wasser in der Schüssel. Wenn sie in ein Café ging, um sich aufzuwärmen, flüsterte ihr der Kellner mit weißer Krawatte ein paar Worte ins Ohr, und sie stand mit gesenktem Haupt wieder auf. Draußen, im beschlagenen Licht der großen Fensterscheiben, gingen Schatten vorbei, in Pelze gehüllt wie sie, und mit einem gefiederten Hut ... Dahinter, ganz langsam, die Büttel. Die Männer eilten vorwärts, mit hochgeschlagenem Kragen und Zigarre im Mund. Sie lächelte, mit verdorrten Lippen.

Die Piazza del Duomo, ganz weiß vom Schnee, die Via Santa Margherita mit den funkelnden Schaufenstern des Bocconi; dort blieb sie lange stehen, in der Luft der geheizten Souterrains, die aus den Fenstern in Höhe des Bürgersteigs kam. Die Leute gingen grinsend vorbei. Dann die Piazza della Scala, die wie ein Friedhof war, und das glitzernde Schauspiel der Lichter, die Cafés im warmen Dampf der Gaslampen, und wieder die hohe, hallende Galleria, mit dem riesigen Bogen, der sich zu dem anderen weißen, schneebedeckten Platz hin öffnete; und hinter ihr immer die dröhnenden Schritte der Wachtmeister, die sie weitertrieben, immer weiter. Ein gebeugter alter Mann betrachtete sie verstohlen und zwirbelte sich den gefärbten Schnurrbart. Vergeblich lächelte die Arme immerzu, mit blutleeren Lippen. Schließlich trat sie an eine jener Schattengestalten heran, die genau wie sie immer und ewig unter dem gefiederten Hut herumspazierten, und sagte leise etwas zu ihr. Die andere zuckte mit den Achseln. Ein Herr ging vorbei, ohne auf sie zu achten. Dann kehrte er um und legte ihr etwas in die Hand. Sogleich ging sie, in ihren seidenen Umhang gehüllt und mit den Federn des Huts über dem mehligen Gesicht, Brot kaufen. Und der Geselle sah ihr grinsend nach, ging dann hinter den Ladentisch zurück und setzte sich neben das Mädchen, das im *Secolo* las, während die andere sich mit dem Brot unter dem seidenen Umhang entfernte wie eine Königin.

TROST

Die Frau mit dem Ei hatte es Sora Arlìa prophezeit: »Du wirst dein Glück finden, aber zuvor kommt Unheil über dich.«

Wer hätte das gedacht, als sie den Manica mit seinem schönen Barbierladen in der Via dei Fabbri heiratete, sie war auch Friseuse; und alle beide jung und gesund! Nur Don Calogero, der Onkel, hatte die Verbindung nicht segnen wollen – um sich wie Pilatus die Hände in Unschuld zu waschen, sagte er. Er wußte, daß alle in der Familie schwindsüchtig waren, vererbt vom Vater auf den Sohn, und nur ihm war es gelungen, etwas Bauch anzusetzen, weil er das ruhige Leben eines Probstes gewählt hatte.

»Die Welt ist voller Unheil«, predigte Don Calogero. »Und es ist besser, sich davon fernzuhalten.«

Das Unheil war nach und nach tatsächlich gekommen. Arlìa war immer schwanger, Jahr um Jahr, so daß ihr die Kundinnen davonliefen; es war zu bedrückend, sie immer so atemlos ankommen zu sehen, und mit dem dicken Bauch, dieser Gottesstrafe. Und dann fehlte ihr auch die Zeit, um mit der Mode Schritt zu halten. Ihr Mann hatte von einem großen Friseurladen am Corso geträumt, mit einem Parfümsortiment im Schaufenster; aber er mußte rasieren und rasieren, für drei Soldi pro Bart. Die Kinder bekamen eines nach dem anderen die Schwindsucht, und bevor sie für immer gingen, verschlangen sie mit ihrem wenigen Fleisch den geringen Jahresgewinn.

Angiolino, der nicht so jung sterben wollte, klagte im Fieber: »Mama, warum habt Ihr mich zur Welt gebracht? Das gleiche Lied wie bei seinen schon gestorbenen Geschwistern. Die spindeldürre Mutter saß vor dem Bettchen und wußte keine Antwort. Sie hatten das Unmögliche versucht, Himmel und Hölle in Bewegung gesetzt: mit Brühen, Medikamenten und Pillen so klein wie Stecknadelköpfe. Arlìa hatte drei Lire für eine Messe ausgegeben und dabei die ganze Zeit gekniet, in der Kirche San Lorenzo, und sich die Brust gegeißelt wegen ihrer Sünden. Die Jungfrau auf dem Bild schien ihr ein Ja zuzublinzeln. Aber Manica war realistischer, verzog den Mund, lachte und kratzte sich am Bart. Schließlich packte die arme Mutter wie eine Verrückte den Schleier und lief zu der Frau mit dem Ei. Eine Komtesse, die sich aus Verzweiflung über den Geliebten die Haare abschneiden wollte, hatte bei ihr Trost gefunden.

»Du wirst dein Glück finden, aber zuvor wird Unheil über dich kommen«, antwortete ihr die Frau mit dem Ei.

Der Onkel Priester hatte gut reden: »Alles Teufelswerk!« Man muß es erlebt haben, wenn das Herz schwarz vor Bitterkeit ist, während man auf den Urteilsspruch wartet und die Alte einem aus einem Eiweiß das ganze Schicksal liest! Danach glaubte sie, zu Hause den Sohn auf den Beinen zu finden, wie er ihr fröhlich sagte: »Mama, ich bin gesund.«

Aber der Junge verfiel Gramm um Gramm, lag wie ausgedörrt in seinem Bettchen, mit jenen Augen, die ihn ganz auffraßen. Als Don Calogero, der sich auf Tote verstand, den Neffen besuchen kam, nahm er die Mutter beiseite und sagte ihr: »Um die Beerdigung kümmere ich mich. Macht Euch darum keine Gedanken.«

Doch die Unglückliche am Krankenbett hoffte noch immer. Wenn manchmal auch Manica hochkam, um zu sehen, wie es dem Sohn ging, unrasiert und mit gekrümmtem Rücken, empfand sie Mitleid mit ihm, der keine Hoffnung mehr hatte. Wie mußte er leiden, der Arme! Sie hatte wenigstens die Worte der Frau mit dem Ei im Herzen wie ein brennendes Lichtlein, bis der Onkel Priester sich mit der Stola an das Fußende des Bettes setzte. Als sie dann mit dem Sarg des Sohnes auch ihre Hoffnung wegtrugen, war ihr, als breite sich eine große Dunkelheit in ihrer Brust aus. Und vor dem leeren Bettchen stammelte sie: »Ja, was hat mir denn die Frau mit dem Ei nur versprochen?« Ihr Mann hatte vor Kummer zu trinken begonnen. Schließlich machte sich ganz allmählich eine große Ruhe in ihrem Herzen breit, genauso wie vorher. Jetzt, wo das ganze Unheil auf sie eingestürzt war, würde das Glück kommen. Bei den Armen geschieht das häufig so.

Fortunata, die letzte, die von vielen Kindern übriggeblieben war, stand eines Morgens bleich und mit perlmuttfarbenen Ringen unter den Augen auf, wie ihre Geschwister, die an Schwindsucht gestorben waren. Die Kundinnen gingen eine nach der anderen, die Schulden wuchsen, der Laden wurde immer leerer. Manica wartete den ganzen Tag auf die Stammkunden, die Nase gegen die beschlagene Schaufensterscheibe gedrückt. Arlìa fragte die Tochter: »Sagt dein Herz dir ja zu dem, was das Schicksal uns versprochen hat?«

Fortunata sagte nichts, hielt – wie ihre Geschwister – die schwarzumrandeten Augen starr auf einen Punkt gerichtet, den nur sie sah. Eines Tages überraschte die Mutter sie auf der Treppe mit einem jungen Mann, der sich eilig davonmachte, als er Leute kommen sah, und das errötende Mädchen zurückließ.

»Oh, ich Unglückliche ... Was machst du hier?«

Fortunata senkte den Kopf.

»Wer war der junge Mann? Was wollte er?«

»Nichts.«

»Vertrau dich doch deiner Mutter an, deinem eigen Fleisch und Blut. Wenn dein Vater das wüßte ...!«

Als einzige Antwort hob das Mädchen den Kopf und sah sie mit ihren blauen Augen unverwandt an. »Mama, ich will nicht sterben wie die anderen!«

Der Mai blühte, doch das Mädchen hatte sich im Gesicht verändert und war unter den angstvollen Blicken der Mutter unruhig geworden. Die Nachbarn predigten ihr: »Achten Sie auf Ihre Tochter, Sora Arlìa.« Sogar ihr Mann hatte sie eines Tages unter vier Augen in dem kleinen Laden gepackt, mit langem Gesicht, um sie zu ermahnen: »Paß auf deine Tochter auf, hörst du? Daß unser Fleisch und Blut wenigstens nicht in Unehre fällt!«

Die Arme wagte es nicht, ihre Tochter, verstört wie sie war, zu befragen. Sie warf ihr nur vielsagende Blicke zu, die ins Herz gingen. Eines Abends barg das Mädchen vor dem offenen Fenster, durch das von der Straße der Gesang des Frühlings heraufstieg, ihr Gesicht an der Brust der Mutter und beichtete ihr alles unter heißen Tränen.

Die arme Mutter brach auf einem Stuhl zusammen, als hätte man ihr die Beine abgehackt, und stammelte wieder mit blutleeren Lippen: »Ach! Was machen wir jetzt?« Sie sah schon Manica vor sich, im Rausch des Weines, mit dem durch das Unglück verhärteten Herzen. Doch das schlimmste war der Blick, mit dem das Mädchen antwortete: »Seht Ihr dieses Fenster, Mama? ... Seht Ihr, wie hoch es ist?«

Der junge Bursche, ein Ehrenmann, hatte zum Onkel Priester geschickt, um das Gelände zu erkunden und zu erfahren, was es hier zu holen gab.

Don Calogero war Priester geworden, um nichts mit dem Unheil der Welt zu tun zu haben. Der Manica war bekanntlich nicht reich. Der andere begriff den Wink und gab zu verstehen, daß er sehr bedaure, nicht so reich zu sein, um auf die Mitgift verzichten zu können.

Danach mußte Fortunata wirklich ins Bett und begann zu husten wie ihre Geschwister. Oft sagte sie der Mutter mit rotem Gesicht etwas ins Ohr, hielt sie fest umarmt und wiederholte: »Seht Ihr, wie hoch dieses Fenster ist …?« Und die Mama mußte hin und her rennen, um die Damen für das Theater zu frisieren, immer das Schreckgespenst jenes Fensters vor Augen, wenn sie nicht die Mitgift für die Tochter auftrieb oder wenn ihr Mann den Fehltritt bemerkte.

Hin und wieder kamen ihr die Worte der Frau mit dem Ei in den Sinn, wie ein kleiner Lichtblick. Eines Abends, als sie müde und mutlos nach Hause zurückkehrte und vor dem Schaufenster einer Lotterie vorbeikam, sprangen ihr die schwarzen Nummern in die Augen, und zum ersten Mal kam ihr die Idee zu spielen. Danach schien es ihr, als hätte sie mit jenem gelben Zettelchen die Gesundheit der Tochter in der Tasche, den Reichtum des Ehemanns und den Frieden im Hause. Voller Zärtlichkeit dachte sie auch an Angiolino und all die anderen Kinder, die schon seit geraumer Zeit unter der Erde waren, auf dem Friedhof von Porta Magenta. Es war an einem Freitag, dem Tag der Trauer, in der heiteren Dämmerung des Frühlings.

Und so ging es jede Woche. Sie sparte sich die wenigen Soldi für das Spiel vom Munde ab, um mit der Hoffnung auf jene große Freude zu leben, die plötzlich hereinbrechen mußte. Die unsterblichen Seelen ihrer Kinder da oben würden sich schon darum kümmern. Als Manica eines Tages heimlich nach ein paar Lire suchte, um im Wirtshaus seine schlechte Laune zu vertreiben, fielen die gelben Zettel aus der Schublade, und er bekam einen schrecklichen Wutanfall. »So also läuft uns das Geld davon! …« Seine Frau wußte nichts zu antworten und zitterte am ganzen Körper. »Aber, hör mal, wenn nun der

Herr uns die Nummern schickte? ... Man muß doch dem Glück eine Tür offen lassen.« Und im stillen dachte sie an die Worte der Frau mit dem Ei.

»Wenn du sonst keine Hoffnung hast«, knurrte Manica mit säuerlichem Lachen.

»Und was für eine Hoffnung hast du?«

»Gib mir zwei Lire«, antwortete er schroff.

»Zwei Lire! O Gott! ... Was willst du damit machen?«

»Gib mir eine einzige Lira«, wiederholte Manica aufgebracht.

Es war ein dunkler Tag, überall Schnee und die Feuchtigkeit in den Knochen. Am Abend kam Manica mit fröhlich glänzendem Gesicht nach Hause. Fortunata aber sagte: »Nur für mich gibt es keinen Trost.«

Manchmal wollte sie wie ihre Geschwister schon unter dem Gras des Friedhofs liegen. Die litten wenigstens nicht mehr, und auch die Eltern hatten sich damit abgefunden, die Armen.

»Oh, der Herr wird uns nicht ganz verlassen«, stammelte Arlìa. »Die Frau mit dem Ei hat es mir gesagt. Ich habe das im Gefühl.«

Am Weihnachtstag schmückten sie den Tisch mit Blumen und frischgewaschener Decke und luden dieses Jahr den Onkel Priester ein, den einzigen Segen, der ihnen noch geblieben war. Manica rieb sich die Hände und sagte: »Heute wollen wir fröhlich sein.« Selbst das an der Decke hängende Licht schaukelte melancholisch.

Es gab Rindfleisch, gebratenen Truthahn und auch einen Panettone, verziert mit dem Mailänder Dom. Beim Obstgang konnte der arme Onkel nicht mehr hart bleiben, als er sie weinen sah, an solch einem Tag, und mußte, auch er mit einem Glas Barbera in der Hand, dem Mädchen die Mitgift versprechen. Der Freier tauchte wieder auf, Silvio

Liotti, Verkäufer in einem Geschäft, mit guten Referenzen und bereit, das Übel wiedergutzumachen. Manica sagte mit dem Glas in der Hand zu Don Calogero: »Seht Ihr, Euer Gnaden, durch dies hier läßt sich vieles in Ordnung bringen.«

Aber es war vom Schicksal bestimmt, daß, wo Arlìa war, das Glück nicht dauern konnte. Der Schwiegersohn, ein Goldjunge, brachte die Mitgift seiner Frau durch, und sechs Monate später kam sie ausgehungert und verprügelt zu ihren Eltern nach Hause, klagte ihnen ihr Leid und zeigte die blauen Flecken. Jedes Jahr ein Kind, genau wie ihre Mutter, alle waren gesund und munter wie die Fische und fraßen sie bei lebendigem Leibe auf. Der Großmutter war es, als würde sie selbst wieder Kinder bekommen, und jedes von ihnen war ein neues Unglück, auch wenn sie nicht an Schwindsucht starben. Noch als sie alt war, mußte sie bis zum Borgo degli Ortolani und bis hinten zur Porta Garibaldi laufen, um sich bei den Gemüsehändlerinnen die vier Lire Mietgeld zu verdienen. Auch ihr Mann, dem die Hände zitterten, machte kaum zehn Lire am Samstag, mit allen Schnitten und blutstillenden Spinnennetzen. Den Rest der Woche hockte er dann entweder griesgrämig hinter der schmutzigen Fensterscheibe oder, mit schief übers Ohr gezogenem Hut, im Wirtshaus. Auch sie gab jetzt das Lotteriegeld für Unmengen Schnaps aus, den sie unter der Schürze versteckt hielt, und ihr Trost war es nun, sich damit das Herz zu erwärmen, ohne an irgend etwas zu denken, während sie vor dem Fenster saß und auf die feuchten, tropfenden Dächer hinausschaute.

DER LETZTE TAG

Die Reisenden in den ersten Waggons des Zugs nach Como spürten kurz hinter Sesto einen Ruck, und eine alte Marquise, die zu ihrem Unglück zwischen einem jungen Mann und einem jungen Mädchen, einem von denen mit breitrandigem Hut, gelandet war, riß die Augen auf und rümpfte die Nase.

Der junge Herr trug einen prächtigen Pelz und wollte ganz ritterlich mit seiner jüngeren Nachbarin teilen, obwohl es schon auf den Sommer zuging. Mit vielem Hin und Her versuchten sie gerade, sich einig zu werden, als der Zug plötzlich einen heftigen Ruck tat. Zum Glück war die Marquise am Bahnhof von Monza bekannt und ließ sich einen Platz in einem separaten Coupé geben.

Die Abendzeitungen berichteten: »Heute wurde auf den Eisenbahngeleisen in der Nähe von Sesto die Leiche eines Unbekannten gefunden. Die Behörden ermitteln.«

Mehr wußten die Zeitungen nicht. Einige Bauern waren auf dem Heimweg vom Fest in Gorla plötzlich auf die Leiche gestoßen und hatten sich neugierig um den Toten geschart, um ihn genauer zu besehen. Einer von ihnen sagte, daß es Unglück bringe, an einem Festtag auf einen Toten zu treffen; dennoch pflegt man diesem die Lottoscheine abzunehmen.

Um die Schienen zu räumen, hatte der Streckenwärter die Leiche auf eine Wiese ins Gebüsch gelegt und hatte ihr mit einer Handvoll Gras das Gesicht bedeckt, das ganz zerschmettert war und den Vorbeikommenden ein schlimmes Bild bot. Zwischen zwei Zügen kamen der Amtsrichter, die Gendarmen und die Nachbarn herbei, und da Himmelfahrt war, konnte man auf den grünen Feldern die roten

Federbüsche der Carabinieri und die Festtagskleider der Neugierigen sehen.

Der Tote trug ganz zerrissene Hosen, ein verschlissenes Barchentjackett, mit Zwirn zusammengebundene Schuhe und hatte einen Lottoschein in der Tasche. Mit aufgerissenen Augen im fahlen Gesicht blickte er in den blauen Himmel.

Die Gerichtsbehörden versuchten herauszubekommen, ob es sich um einen Raubmord handelte oder ob andere Gründe vorlagen. Und sie verfaßten das Protokoll genauso ordnungsgemäß, als hätten sich hunderttausend Lire in seiner Tasche gefunden. Dann wollte man in Erfahrung bringen, wer er war und woher er kam; Name, Heimatort, Name des Vaters und Beruf. Es gab keine anderen Indizien außer dem roten Bart, acht Tage alt, und den schmutzigen, abgezehrten Händen: Händen, die nichts getan und seit langer Zeit Hunger gehabt hatten.

Manch einem war er wegen dieser Merkmale aufgefallen. Unter anderem einer fröhlichen Gesellschaft, die in Loreto feierte. Die mit flatternden Röcken tanzenden, erhitzten Mädchen hatten gesagt: »Der da hat keinen Spaß am Tanzen!«

Er ging unbeirrt seines Weges, mit schlenkernden Armen, matten Beinen, und hatte alle Mühe, seine auseinanderfallenden Schuhe hinter sich herzuschleifen. Einen Augenblick war er stehengeblieben, um der Ziehharmonika zuzuhören, als hätte er doch Lust zu tanzen, und stand wortlos da. Dann folgte er weiter dem Weg, der sich breit und staubig hinzog, so weit das Auge reichte. Er ging mit gesenktem Haupt dahin, auf der rechten Seite, unter den Bäumen. Die Postkutsche hätte ihn um ein Haar überfahren, so daß der Kutscher ihm einen Fluch und einen Peitschenhieb hinterherknallte. Er hatte einen verzweifelten Satz gemacht, um der Gefahr zu entrinnen.

Später wurde er am Rande eines Gehöfts gesehen, wie er in verdächtiger Haltung auf der Erde saß. Es war, als wolle er aus dem Maisfeld die Zukunft lesen, oder als zähle er die Steine im Kanal. Der Gutsknecht eilte mit dem Knüppel herbei und schlich sich an ihn heran. Er wollte sehen, was dieser Landstreicher da ausheckte, wo doch die Maiskolben noch einige Zeit brauchten, bis sie reif waren, und es auf dem ganzen Feld beim besten Willen nicht das Geringste zu stehlen gab. Als er dicht genug heran war, sah er, daß der andere sich die Schuhe ausgezogen hatte und das Kinn in die Hände gestützt hielt. Der Knecht fragte ihn, mit dem Knüppel hinter dem Rücken, was er dort zu suchen habe, auf fremdem Grund und Boden, und sah ihm mißtrauisch auf die Hände. Der andere stammelte etwas, wußte keine Antwort und zog sich ganz bedächtig die Schuhe wieder an. Dann machte er sich mit gebeugtem Rücken auf den Weg, wie ein Übeltäter.

Er ging den Damm des Kanals entlang, unter den Maulbeerbäumen, die die ersten Blätter bekamen. Links und rechts waren die Wiesen alle grün. Das Wasser floß schwarz im Schatten dahin und glitzerte hin und wieder in der Sonne, in einer schönen Frühlingssonne, in der die Vögel lustig zwitscherten.

Der Knecht sagte noch, daß er über eine Stunde Wache gehalten habe, um zu sehen, ob der Landstreicher zurückkomme; und daß er nicht gedacht hätte, daß er soviel Aufhebens machen würde, um dann unter einer Lokomotive zu enden. Er hatte ihn an den Schuhen wiedererkannt, die auch der Zwirn nicht zusammenhielt und die ihm von den Füßen gesprungen waren, auf beide Seiten der Schienen.

»Das ist so, weil in dem Moment, als die Räder über ihn fuhren, die Füße wohl gezappelt haben!« erläuterte der Kellner aus dem Wirtshaus, der wie ein Rabe zu dem Leichengeruch geeilt war, in schwarzer Jacke und mit einer Serviette über dem Arm. Er hatte den Unbekannten gegen Mittag am Wirtshaus vorbeikommen sehen: eines dieser verhungerten Gesichter, die einem im Vorbeigehen mit den Augen die kochende Suppe aus dem Topf stahlen. Sogar die Hunde hatten ihn gewittert und diesen Schuhen hinterhergebellt, die im Staub aus dem Leim gingen.

Bei Sonnenuntergang wurde der Schatten der Leiche ohne Schuhe an den Füßen immer länger, wie eine Vogelscheuche, und die Vögel flogen ohne einen Laut davon. Aus den nahen Wirtshäusern drang der Klang fröhlicher Stimmen und das Lied von Barbapedana. Hinten im Hof, hinter einer spärlichen Reihe Sträucher, sah man Mädchen mit aufgelösten Haaren tanzen und springen. Und als der Wagen mit den sterblichen Resten des Selbstmörders unter den erleuchteten Fenstern vorbeikam, wurden sie im Nu dunkel von der Menge der Neugierigen, die hinaussehen wollten. Drinnen spielte die Ziehharmonika immer noch den Walzer *Madame Angôt*.

Erst später erfuhr man Näheres. Die Bettenvermieterin von der Porta Tenaglia hatte jenen Mann mit dem roten Bart eines Abends im Regen ankommen sehen, vor etwa einem Monat, todmüde und mit einem Bündel unter dem Arm, das nicht allzu schwer gewesen sein dürfte. Sie hatte es auch gleich mit einem Blick abgewogen, um zu sehen, ob die zwei Groschen für das Bett wohl darin wären, bevor sie ihm zusagte. Er hatte vorher gefragt, was es koste, mit einem Dach über dem Kopf zu schlafen. Dann wartete er jeden Tag, den Gott ins Land schickte, auf einen Brief, machte sich bei Morgengrauen auf den Weg, um nach dieser Antwort zu suchen, mit kaputten Schuhen und gebeugtem Rücken, und war schon müde, bevor er sich überhaupt in Bewegung setzte. Endlich war der Brief gekommen, mit einer Fünfer-Marke. Darin stand, daß es in der Werkstatt keine Arbeit für ihn gab. Die Frau hatte den Brief auf der Matratze gefunden, weil er an dem Tag bis spät abends mit hängenden Beinen auf dem Bett gesessen hatte, den Zettel in der Hand.

Niemand wußte mehr. Er war von weither gekommen. Man hatte ihm gesagt: »In Mailand werdet Ihr etwas finden, das ist eine große Stadt.« Er glaubte nicht mehr daran; aber er hatte gesucht, solange ihm noch ein paar Groschen geblieben waren.

In vielen Berufen hatte er schon gearbeitet: als Steinmetz, als Kalkbrenner und schließlich als Handlanger. Seit er sich einen Arm gebrochen hatte, war er nicht mehr der Alte; und die Meister schickten ihn von einem zum anderen, um ihn loszuwerden. Als er es schließlich müde wurde, sein täglich Brot zu suchen, legte er sich auf die Eisenbahnschienen. Woran dachte er, während er auf dem Rücken liegend wartete und den klaren Himmel und die Wipfel der grünen Bäume betrachtete? Am Tag zuvor, als er mit seinen kaputten Beinen nach Hause kam, hatte er gesagt: »Morgen!«

Es war Samstag abend: Alle Wirtshäuser am Foro Bonaparte waren vollgestopft mit Leuten, die bis zur Tür standen, im hellen Licht der Gaslampen, vor den Gauklerbuden, dicht gedrängt vor den Ständen der fliegenden Händler, und sich schließlich in den dunklen Alleen zerstreuten, in einem Raunen aus gedämpften, zärtlichen Stimmen. Unter einem bemalten Schild schlug ein Mädchen in fleischfarbenem Hemd die Trommel. Weiter hinten saß umschlungen ein junges Pärchen mit dem Rücken zur Allee. Ein Bratapfelverkäufer führte mit seiner Ware den Magen in Versuchung.

Er kam an der halb geöffneten Tür einer Werkstatt vorbei; im Hintergrund saß eine Frau, die ihr Kind stillte, und ein Mann stand mit aufgekrempelten Ärmeln an der Tür und rauchte. Er sah sich im Gehen alles an, wagte aber nicht stehenzubleiben; es war ihm, als jage man ihn fort, immer wieder fort. Die Christenmenschen schienen schon den Totengeruch an ihm wahrzunehmen und gingen ihm aus dem Wege. Nur eine arme Frau, die gebückt unter einer großen Kiepe mürrisch in Richtung Sesto ging, setzte sich neben ihn an den Straßenrand, um ein wenig zu verschnaufen. Und sie begann zu plaudern und zu klagen, wie es die Alten tun, und jammerte über diese und jene Widrigkeiten: daß ihre Tochter im Krankenhaus war und der Schwiegersohn sie wie ein Tier schuften ließ; daß sie bis nach Monza gehen mußte, mit der Kiepe da, und daß sie ständig Kreuzschmerzen hatte, als würde sie von Hunden gebissen. Dann ging auch sie wieder ihres Weges, um die Polenta für den Schwiegersohn zu kochen, der schon wartete. Im Dorf schlug es Mittag, und alle Glocken begannen ein Festgeläute wegen des Himmelfahrtstages. Als sie wieder verstummten, lag mit einem Male ein großer Friede ringsum über dem ganzen Land. Plötzlich ertönte das schrille, bedrohliche Pfeifen des Zuges, der wie ein Blitz vorbeischnellte.

Die Sonne stand hoch und brannte. Auf der anderen Seite der Straße zum Bahndamm hin, lagen unter den schattigen Maulbeerbaumreihen, so weit das Auge reichte, endlose Wiesen, durchschnitten von dem zwischen den Pappeln glitzernden Kanal.

»Komm, auf! Es ist nun Zeit, ein Ende zu machen!« Doch er bewegte sich nicht, den Kopf zwischen den Händen. Ein ausgehungerter, streunender Köter kam vorbei, der erste, der ihn nicht anbellte, und blieb stehen, um ihn zögernd und angstvoll anzusehen; dann begann er mit dem Schwanz zu wedeln. Als er schließlich merkte, daß er nichts bekam, ging auch er fort; und in der Stille hörte man noch eine ganze Weile das Getrippel des armen Tieres, das mit abgemagertem Bauch und hängendem Schwanz durch die Gegend strich.

Die Ziehharmonikas spielten immer noch, und bis spät abends ging es hoch her in den Wirtshäusern. Als dann der Lärm der Stimmen abflaute und die Mädchen vom Tanzen müde waren, wurde wieder über den Selbstmord des Tages geredet. Eine erzählte von ihrer Freundin, die schön wie ein Engel war und sich aus enttäuschter Liebe selbst erstickt hatte; man fand sie mit dem Bild ihres Liebsten auf den Lippen, der Treulose hatte sie sitzengelassen, um eine Krämerin zu heiraten. Sie kannte die Geschichte in allen Einzelheiten; zwei Jahre lang hatten sie in der Nähstube an einem Tisch gesessen. Die Freundinnen hörten zu, halb ausgestreckt auf dem Sofa, und fächelten sich Luft zu, denn sie waren immer noch rot und erhitzt. Ein junger Mann sagte, wenn er Grund zur Eifersucht hätte, würde er allen beiden den Garaus machen, erst ihr, dann ihm, mit dem Schustermesser, das er immer bei sich trug, auch wenn er nicht in der Werkstatt war – man konnte ja nie wissen! Und er stellte sich mit den Händen in den Taschen vor den Mädchen in Positur, die ihm aufmerksam zuhörten, hübsch wie er war, mit den lockigen Haaren, die unter seinem kleinen Hut hervorlugten. Der Kellner brachte noch mehr Flaschen, und alle saßen am Tisch, hatten die Ellenbogen darauf gelehnt, redeten mit glänzenden Augen über Liebesdinge und drückten sich die Hände. Das einzig Wahre auf dieser Welt ist Freundschaft und Sich-ein-wenig-

Liebhaben. Laßt uns alle fröhlich sein! Eine Flasche vertreibt die Schwermut der ganzen Woche. Einige mischten sich ein, um zwei kräftige Kerle zu beruhigen, die sich gegenseitig umbringen wollten, wegen der Blicke einer Dunklen, die schamlos einmal zum einen, einmal zum anderen flogen.

»Das macht der Wein! Das macht der Wein!« rief man. »Laßt uns alle fröhlich sein!«

Die Friedensstifter hätten sich um ein Haar noch mit dem Wirt angelegt, denn sie meinten, es stünden einige Flaschen zuviel auf der Rechnung. Schließlich gingen alle hinaus an die frische Luft, in die schon vorgerückte Nacht. Der Wirt blieb noch ein wenig, um Türen und Fenster zu verriegeln und alle Einnahmen in sein fettiges Buch einzutragen. Dann trat er zu seiner Frau, die mit dem Kind auf dem Schoß an der Theke döste. Auf der Straße verloren sich die Stimmen in der Ferne, mit vereinzelten, plötzlichen Ausbrüchen von Heiterkeit. Ringsum unter dem Sternenhimmel machte sich eine große Stille breit, und am Bahndamm begann eine sangesfreudige Grille zu zirpen.

ZU DIESER AUSGABE

insel taschenbuch 2638: Giovanni Verga, Auf den Straßen. Die italienische Originalausgabe erschien 1883 unter dem Titel *Per le vie*. Der vorliegende Text folgt der Ausgabe: Giovanni Verga, Auf den Straßen. Ins Deutsche übertragen von Gesa Schröder. ars vivendi Verlag, Cadolzburg 1997. Umschlagabbildung: Melonenverkäufer, Alessandro Perelli, 1915

Italienische Literatur
im insel taschenbuch
Eine Auswahl

Pietro Aretino
Die Gespräche des göttlichen Pietro Aretino
Ü: Heinrich Conrad
it 2570. 500 Seiten

Cesare Beccaria
Über Verbrechen und Strafen
Ü. und Hg.: Wilhelm Alff
it 2166. 188 Seiten

Giuseppe Gioacchino Belli
Die Wahrheiten des G. G. Belli
Römer, Huren und Prälaten
Eine Auswahl seiner frechen
und frommen Verse
Ü: Otto Ernst Rock
Mit Illustrationen
it 754. 345 Seiten

Giovanni di Boccaccio
Das Dekameron
Ü: Albert Wesselski
Einleitung: André Jolles
it 2577. 1072 Seiten

NF 32/1/5.00

Roberto Calasso
Die Hochzeit von Kadmos
und Harmonia
Ü: Moshe Kahn
it 1476. 434 Seiten

Dante
Die Göttliche Komödie
Mit Holzschnitten von Botticelli
Ü: Friedrich Freiherr von Falkenhausen
it 94. 686 Seiten

Niccolò Machiavelli

Discorsi
Über Staat und Politik
Ü: Friedrich von Oppeln-Bronikowski
Hg. Horst Günther
it 2551. 440 Seiten

Der Fürst
Ü: Friedrich von Oppeln-Bronikowski
Nachwort: Horst Günther
it 1207. 166 Seiten

Machiavelli für Manager
Sentenzen
Auswahl: Luigi und Elena Spagnol
it 1733. 109 Seiten

NF 32/2/5.00

Michelangelo
Sämtliche Gedichte
Ü. und Hg.: Michael Engelhard
it 2299. 444 Seiten

Francesco Petrarca

Dichtungen. Briefe. Schriften
Auswahl: Hanns W. Eppelsheimer
it 486. 218 Seiten

Die schönsten Liebesgedichte
Ü. und Nachwort: Jürgen von Stackelberg
it 1976. 132 Seiten

Alessandro Scarlatti
Griselda
Dramma per musica
it 2907. 130 Seiten

Giovanni Verga
Auf den Straßen
it 2638. 110 Seiten

NF 32/3/5.00

»Italien«
im insel taschenbuch
Eine Auswahl

Rom
Ein literarisches Porträt
Hg. Michael Worbs
Mit Fotografien
it 2298. 300 Seiten

Venedig
Der literarische Führer
Von Doris und Arnold E. Maurer
Mit Fotografien
it 1413. 188 Seiten

Sizilien
Literarisches Landschaftsbild
Hg. Ralf Nestmeyer
Mit Fotografien
it 2637. 220 Seiten

Römische Welt
Klassische Autoren Roms
Hg. Manfred Fuhrmann
it 1971. 638 Seiten

Casanova-Geschichten
Auswahl: Eckart Kleßmann
it 2117. 361 Seiten

NF 32/4/5.00

Mit Marie Luise Kaschnitz
durch Rom
Hg. Iris Schnebel-Kaschnitz und
Michael Marschall von Bieberstein
Mit Fotografien
it 2607. 208 Seiten

Hubert Ortkemper
Caffarelli
Das Leben des Kastraten
Gaetano Majorano, genannt Caffarelli
Mit Abbildungen
it 2599. 200 Seiten

Lisa St Aubin de Terán

Ein Haus in Italien
Ü: Ebba D. Drolshagen
it 2517. 295 Seiten

Venedig. Die vier Jahreszeiten
Ü: Ebba D. Drolshagen
Mit Fotografien
it 2609. 200 Seiten

NF 32/5/5.00